周月亮文集

世代如落叶

周月亮　著

常快乐真功夫

周月亮

中国科学技术出版社

·北 京·

图书在版编目（CIP）数据

世代如落叶 / 周月亮著. -- 北京：中国科学技术出
版社，2024.1

（周月亮文集）

ISBN 978-7-5236-0414-4

Ⅰ.①世… Ⅱ.①周… Ⅲ.①诗歌欣赏—世界 Ⅳ.
①I106.2

中国国家版本馆CIP数据核字（2024）第003916号

总 策 划	秦德继
策划编辑	周少敏　胡　怡
责任编辑	胡　怡　赵　耀
封面设计	余　微
正文设计	王　丹
责任校对	吕传新　焦　宁　邓雪梅　张晓莉
责任印制	马宇晨

出　　版	中国科学技术出版社
发　　行	中国科学技术出版社有限公司发行部
地　　址	北京市海淀区中关村南大街16号
邮　　编	100081
发行电话	010-62173865
传　　真	010-62173081
网　　址	http://www.cspbooks.com.cn

开　　本	880mm×1230mm　1/32
字　　数	1936千字
印　　张	86.25
版　　次	2024年1月第1版
印　　次	2024年1月第1次印刷
印　　刷	北京世纪恒宇印刷有限公司
书　　号	ISBN 978-7-5236-0414-4/I·83
定　　价	498.00元（全11册）

周月亮

河北涞源人，中国传媒大学学术委员会委员，阳明书院院长、教授、博士生导师。

另有心学、智术系列著作分别汇刊。

自序：误解与希望

世代如落叶。代代人大多乱七八糟地活、稀里糊涂地死，少数坚持明白地活、尊严地死。反思其中的滋味，留下悲欣交集的辞章，后人的解读不过拾几片落叶。后之视今如今之视昔，这条精神链扭结着误解与希望。误解如秋风中的落叶，希望如落叶中的秋风；误解如烦恼，希望如菩提；误解如无明，希望如净土。谁能转烦恼成菩提？谁的误解即希望？恐怕差不多的人的希望却是误解吧。尽管如此，留下的落叶，好生看取也有雪泥鸿爪。

《孔学儒术》中，儒术的精要可用"中而因通"来简括："中"是"执两用中"的"中"，儒家的中庸与释家的中观目的不同，道理相通。"而"是"奇而正、虚而实"的"而"，其哲学要义在"一与不一"，是对付悖论的最好的智慧，不"而"则不能"中"。"因导果"是世间出世间的总账，"因"字诀最普适的妙用是引进落空。不通不是道，通道必简。化而通之概括了"因"的意义，通则久。

《〈水浒〉智局》透析了《水浒传》中智慧、权力、暴力的关系：函三为一、一分为三，合则为局、析则为戾。水浒人此处放火、彼处杀人之朴刀杆棒生意串成江湖版的《孙子兵法》。宋江能够统豺虎是"阴制阳"，梁山好汉被朝廷赚了也是"阴制阳"。阴为何物？直教一百零八好汉生死相许！

《性命之学》以性命作为重估文人价值的标准和依据。穿透了虚文世界曲折的遮蔽，才能探讨人自身的性命下落。性命之学由心性谱写。近世让人心酸眼亮的"心性"有王阳明、李卓吾、唐伯虎、曹雪芹、龚自珍、鲁迅等，他们是塔尖。他们提得住心，所以他们的心性剧有声有色。

《〈儒林外史〉士文化研究》提取了《儒林外史》展示出的贤人困境、奇人歧路、名士风流、八股士的愚痴等士子型范；在封建时代，士文化的根被教育败坏了。用教育来反教育，是古代中国士文化传统的一部分。

《儒林外史》中每一张脸都是一座碉堡，文学人物是现实人格的象征，《〈儒林外史〉人物品鉴》透视封建时期士人"没出息"的活法、自己骗自己的文化姿态，以及他们无路可走的"不在乎"的无奈。最窝囊的是，当时的文人说不出一句明心见性的话。

《王阳明传》呼吁善良出能力来：对人仁从而鉴空衡平、爱"爱心"而天良发现。良知顿现，难事易办。心学是意术，是感觉化的思想、哲学化的艺术，是修炼心之行动力的功夫学、成功学。致良知教世人柔心成真人。

现象即本体，影视通巫术，方法须直觉，效果靠博弈：《电影现象学》旨在使影视艺术能有自己的本体论、方法论。

文化即传播，只要一"化"就有传播在焉。我几千年文明古国，锦绣江山，传播玉成。《文化传播》写的是文化的传播即传播的文化。

《揉心学词条》想总结误解发生的思维机制（意向三歧性）、误解发生的心理机制（欲望三重化）、误解发生的语言机制（言语的三不性）、误解发生的行为机制（互动反馈误差扩大），想建立"误解诊疗术"，但只是沙上涂鸦，更似煮沙成饭。

家，是移情的作品。院子是境，也是景。情景交融，在美学上值得夸耀，在生活中是不得不做的事情。"我"寄寓于别人家院子，像小件寄存一样。《在别人家的院子里》是我印象深刻的生活经历。

刺刺不休十一卷，诚不足称之为著作，只是我造句几十年的一个坟丘（另有百万虚构类文字已被风吹）。其中包着误解，也含着希望。误解，是人自我活埋的本能。希望，是人自我生成的器官。"我"因对希望心不诚而自我活埋着。

最后，我满怀深情却文不对题地抄几则卡夫卡的箴言：

> 生的快乐不是生命本身的，而是我们向更高生活境界上升前的恐惧；生的痛苦不是生命本身的，而是那种恐惧引起的我们的自我折磨。

它（谦卑）是真正的祈祷语言……人际关系是祈祷关系，与自己的关系是进取关系。从祈祷中汲取进取的力量。

　　生命开端的两个任务：不断缩小你的圈子和再三检查你自己是否躲在你的圈子之外的什么地方。

周月亮

2023 年秋

目　录

第一辑　外国诗鉴赏

世代如落叶

［古希腊］荷马

豪迈的狄俄墨得斯，

你何必问我的家世？

正如树叶荣枯，

人类的世代也如此，

秋风将枯叶撒落一地，

春天来到，

林中又会滋发出许多新的绿叶，

人类也是如此，

一代出生一代凋谢。

本诗节选自《伊利亚特》卷六。

《荷马史诗》有个基本特征，整体精神和个体意志还没有出现
分裂。这个片段所表现出的就是一种"类"的观念，过去的世代如
秋风中的落叶，将来的世代又会如春天的绿叶——人类就是这样
"一代出生一代凋谢"。这不同于中国诗歌的"个人性"特征。

从个人角度出发来体认生命，便不可避免地有悲剧感，就是那
些杀身成仁、舍生取义的壮士身上也依然体现着悲剧感，至于那些
挂着孔门招牌却是庄周私淑的人们，则差不多是带有虚无色彩的。

总之，缺乏荷马这种"类"意识，缺乏这种来自人类整体性的沉雄与豪迈。

尼采对希腊精神情有独钟，他为了克服人体生命必然消失这个致命的问题，提出了一个永恒轮回的观念。其实，他关于永恒轮回的观念与荷马的"世代如落叶"、一代一代地荣枯的说法有相通之处。这里提起尼采，是为了让我们更深入地理解荷马这几句诗的广阔蕴含。它的确为对于人的生死荣枯的哲理阐发，提供了一种健康的心态。

这首哲理诗，其生命意识的诗意显现完全借重于自然现象的审美解悟。春来秋去，树叶荣枯，这些"永恒轮回"的现象给了荷马以巨大的安慰，"豪迈"一些吧，何必介意"我"这一家一世呢？个体回归于总体，这似乎是任何个体解决归宿问题的唯一思路。荷马这个"正常儿童"留下的"童年的智慧"，已经在影响着人们。

人生就在于体现出虹彩缤纷

（《浮士德》节选）

[德]歌德

让太阳在我背后停顿！
我转向崖隙迸出的瀑布奔腾，
凝眸处顿使我的意趣横生。
但见迂回曲折汹涌前趋，
化成数条水流奔注不止，
泡沫喷空，洒无数珠玑，
风涛激荡，有彩虹拱起，
缤纷变幻不停，多么壮丽，
时而清晰如画，时而向空消失，
向四周扩散清新的凉意。
这反映出人世的努力经营。
你仔细玩味，就体会更深，
人生就在于体现出虹彩缤纷！

（董问樵译）

长诗《浮士德》本身就是"虹彩缤纷"的，但它有一个主导情绪：从唯灵主义走向"唯感主义"，反感抽象的精神，要求获得实际的享受，用海涅的话说是："西方已经厌倦了它那僵冷枯瘦的唯灵主义，又想到东方健康的肉体世界去恢复元气。"这个意思凝聚成坚定有力的格言就是："人生就在于体现出虹彩缤纷。"

组成本诗的意象都是自然景象，但诗人认为，那奔腾的瀑布、壮丽的彩虹都"反映出人世的努力经营"。这既是泛神论的观念，又包含着"人化自然"的审美解悟。对大自然的礼赞归结成人生哲学的命题，与中国"情景交融"的美学原则差相近似。德国的哲学、美学在精神指向上与中国有易于相通的方面，这首小诗可以提供一个"具体而微"的例证。

不管长诗《浮士德》始终让体现精神追求的浮士德博士与靡菲斯特魔鬼处于"拼斗"之中，也不管长诗的结尾如何，这个"片段"的结论是正确又深刻的。

和"虹彩缤纷"相对峙的是"僵冷枯瘦的唯灵主义"，是那没了氧气的断肢的苍白，但是能"仔细玩味"出这个结论，在当时是一种"精神的僭越"，歌德被反对派视为"异教徒"也是有根据的。

关键是谁正确。去做"活尸"好，还是去"体现出虹彩缤纷"好？抽象到最后就成了一个"质的伦理学"与"量的伦理学"的论辩。20世纪法国哲学家加缪郑重宣布："不是要生活最好，而是要生活的最多"。加缪注意到在要求最好时，最易引人入单调、狭隘、僵化，这就会背弃"虹彩缤纷"的生活本身，而成为一些木乃伊一样概念的牺牲品，"存在"就变成了"非存在"。

生活的意义是生存者赋予的，这首先要求能有一副发现的目光，能具有"凝眸处顿使我的意趣横生"的"眸子"，这形成一个有意味的循环：相信"人生就在于体现出虹彩缤纷"，才能养育出那种

"眸子"，有了这样的"眸子"，才能去发现那"虹彩缤纷"。

马克思说："五官感觉的形成是以往全部世界历史的产物"。能"凝眸"于虹彩缤纷，在自然中获得亲融的感悟，并形成健康的人生信念，这是人的"理性"的胜利，精确地说是人摆脱了禁欲观念这种旧的理性结构的胜利。没有纯粹的"跟着感觉走"，在任何感觉的底部都支撑着相应的"哲学"。歌德致力于恢复人生的丰满性，是要求把"天主教会长期以来从我们手里骗走的享受还给我们"，海涅认为，"这是宗教改革的伟大女儿"（以上引海涅语均出自其《论浪漫派》）。

人之死和人之生

［德］吕克特

人之死和人之生

是一个谜！

命运之神的播弄

是一个谜。

你们被送来给我，

是个奇迹，

我又得把你们归还，

是一个谜。

你们死了，还像活着，

是一种魔力，

你们死了，我的生存

是一个谜。

（钱春绮译）

弗里德里希·吕克特（Friedrich Bückert，1788—1866），德国后期浪漫派诗人，曾任埃朗根大学教授，以翻译、介绍东方古典文学而闻名欧洲。著有《顶盔带甲的十四行诗》《东方玫瑰》等。

理解诗不能落实，一落实必改本味，损失许多意义。对于吕克特这样的本意不想去寻落实的诗，寻求落实本身就更文不对题。

其实，人生能落实什么？什么能得到最后的落实？有的人没有足够的文化、心理能力去思考这个落实，有的人怕寻找人生的真实的依据，有的人将寻找落实的冲动升华为一种形而上的体悟——或曰痴迷，将生命的来和去命名为"谜"。犹如这几类人之间难以有真正的对话，这里也难以自决出优势。人们过去是，现在也只能是各得其所。

但同类型的人，可以超越时空进行意识形态性的对话。如第二次世界大战后的现代派作家、一些存在主义哲学家便将吕克特指为"谜"的问题说成荒诞。比吕克特的"谜"多出了几分荒漠、冷酷与惨淡。

吕克特提交的这个"谜"多出了几分神秘的温馨，有几分形而上的敬畏的分量，还有几分浪漫的情意痴迷。他不去寻求命运之神的任何承诺，也对这"被送来"又"归还"生与死的全程保守着秘密。生与死及命运的播弄都不理解为失败或悲剧之类的东西，从中也读不到坚强不屈的英雄式的抵抗情绪或教徒式的自惭的、自赎的净化灵魂的表白。作者的心境本身已远远超越了这些具体的意指和可落实的含义。

我们只是觉得，这个"谜"，经诗人一唱三叹后，在人之死和人之生之间架起了一座彩虹桥。它不会解决面包问题，但似乎有助于清除一些使人变得狭隘、盲目、卑琐、浑浊等经济王国中的常见道理。在"谜"面前那些巧人的小聪明实在没有多少凭据和魅力。

在最后的"归还"面前，一切自作多情、自恋矫情、暴虐忍情，都显得愚昧、顽劣，言不及义。他们不但没有解谜的能力，甚至不知死生、命运、生活是个谜。正因为他们迷失了对于谜的感受与解悟，自己变得乱七八糟、凌乱不堪也无法知死生之本味。

将生死理解为谜，大而言之是一种形而上学的意识能力、水平，没有这个能力和水平，只能成为迷途羔羊或犬豕。小而言之，谜，其实只是心理学所说的联想交汇点：此处暗藏了多种可能、多项解。当然也有个心理阈，但这首诗中，这个问题阈太辽阔了，是"人之死与人之生"——人类各种问题的出发点和归穴处。

尼采说："人如果不也是诗人、解谜者和偶然的拯救者，我如何忍受做个人"。他给出了生命之谜一个谜底，但他那让人们不是活在他生前就活在死后的宏愿并没有终结人们的解谜活动。因为人之死和人之生这个谜须是每个人都来解一遍的，谁也不能替代谁来完成。那些"死了，还像活着"的人，有资格给命运、奇迹这些谜增加一些谜之雾或谜之光，这就是吕克特说的："你们死了，我的生存，是个谜！"

为了解谜，人类发展出哲学、宗教、科学、艺术诸类的活动，然而所谓的人性、真理都是开放系统，开放云者，谜而已。开放系统没有终点，谜，还得一代又一代地猜下去。不过，爱因斯坦有言："世界最不可理解的是世界居然是可以理解的。""谜"并不意味着不可知，只意味着永无止境，与人类一起地久天长。

谜，是形而上的，不能落实。

在天空给太阳添上明月一轮

［德］吕克特

> 在天空给太阳添上明月一轮，
> 是要让两者给我们人生的象征。
> 月亮意味着一切在不断改变；
> 太阳则表明变中也还有不变。
> 月亮可使你想穿幸福的无常，
> 要追求永恒你可以仰望太阳。
> 耐心去增减欲望，像月亮一样，
> 去保持忠诚不变，像太阳那样。

（钱春绮译）

　　每个正直、明白的人，都会赞同诗人这个提议："在天空给太阳添上明月一轮"，而且人们也会觉得倘非如此，就不能平衡命运之舟！

　　让读者感到惊异的是：阴阳谐调之中国"自然法"——支配人们各种行为的核心观念，竟被一个德国人如此漂亮地说出，而且因为是由一个外国人说出，反而避开中国化的阴阳谐调论所必然产生的退避性、圆圈性这样一个语境，显得分外的清明、通融、从容又坚定。

我们虽主张阴阳和谐，但那重点是偏柔偏阴的，所以世人爱用月神精神来称呼这种中国智慧。所以，有感且不满于此的功利派文人，强调虽阴阳化合，但"偏胜者强"（魏源《龚定庵文录叙》），主张恢复点阳刚气度，这已经是补救性的了，是给月亮添上太阳半轮，而且积重难返，"古人说过，未曾提醒一个"。

吕克特给太阳添上明月一轮，也可以说是补救性的，但逻辑关系正与我们所习惯的相反，不是给月亮添上太阳一轮，因为太阳已捷足先登，只是为克服阳光独强这偏胜之弊，配上明月一轮。这似乎更符合宇宙精神、人间正道！至少说让人更有所作为而不至于太"过"。这才是一种健全的理性、理智的情感形式、正确有效的人生态度，也是被既往的历史进程证明了的。

从人格学层面上说，诗人这个提议是在发展中求稳定，在追求、追取中求平衡；若相反，则是求稳定的前提下发展、求平衡后的进化，往往造就薛宝钗式的"合规主义"者。当然这种机制也必然产生两类犯规人：贾宝玉和薛蟠。但前者叫叛逆，差不多是陷入一派格杀勿论的包围中；后者叫放纵，无论从哪种意义上说都是不值一谈的。写他们的曹雪芹也是个标准的中国哲人——他的虚无，也只是产生透明性，而不能产生进取性，事实上是从另一个角度增添了让人不死不活的理由。

幸运的是，吕克特不必背负这个浩大入微的语境，给太阳添上明月一轮，也不体现什么文明模型，它只是一种活法、一种人生样态：让你两条腿走路，让你具二元心胸。月亮和太阳的象征首先有一种说明性，说明着生活中的"一切在不断改变""变中也有不变"的实存本性，基于这个理性的认识、接近现实的判断，然后设计自己，即要"想穿幸福的无常"，去增减欲望，还应该"追求永恒"，保持忠诚不变，却仰望太阳。

是的，如果人们能像月亮一样，耐心地去增减欲望，那世界会少一些无谓的竞争与喧嚣，少一些厮杀与压迫。然而，哪来一种这支配增减活动的欲望，这个欲望对那将增减的欲望又何以有权威？月之盈亏是个自然过程，单个人的欲望也有与此相似之处，但无数个单个却必然是你虚我盈，而且一纳入群体，便逻辑地取消了一体。

欲望在增减之列，是东西方人共同的态度，而意志、信仰在只增不减、"坚持不变"之列，也似乎是共同人性。然而，谁能证明信仰、意志不是欲望的延伸？于是，便只好作这样的区分：对于容易"到手"的物欲，采取压抑政策；对于不易满足的高级的精神欲求，则须持坚贞不渝的态度。这是浪漫派的主张，而达达主义等现代派则根本不承认这个区别高级与低级、难与易的标准。

但，吕克特还是对的。从宏观上看，各种主义恰如各种欲望，在不断地增减着，而每个主义的信奉者在忠诚地坚持着。天空中总是有太阳和月亮，天天一样又不一样。

我的幸运

[德]尼采

自从我厌倦了寻找，

我就学会了找到，

自从我顶了一回风，

我就处处一帆风顺。

（周国平译）

这是一首讽刺诗。诗中的"我"不是尼采本人，而是尼采的讽刺对象——圆滑的平庸之辈、苟且偷生的小丈夫、浑浑噩噩的市侩。

由于"我厌倦了寻找，我就学会了找到"。到底找到了没有？以厌倦决定寻找，寻找的除了退却、自欺，还能是什么？"顶了一回风"，就"处处一帆风顺"，除了变得"聪明圆滑"了，就是放弃了顶风的勇气，放弃了寻找的努力，不再主动，而是被动，只随波逐流，跟着风走，这当然一帆风顺了，所以这种幸运，只是失败后的得计，萎缩后的幸福，"小丈夫的自完之计"。一句话，退缩性人格！这是尼采最深恶痛绝的一种人格类型。

诗中没有出场的正面主人公是具有"强力意志"的"超人"。众所周知，尼采推重的是酒神精神，他的意志哲学强调生命意志永不枯竭的创造力量，生命的意义不在于其延续的长度，而在其高涨的密度。酒神精神要求站在自己的生命之上，不在乎一己生命的毁灭，相反，愈是在濒临毁灭的绝境，愈能感受到宇宙生命的欢欣鼓舞，感受到一种因痛苦而刺激出来的兴奋。与痛苦对抗，才是人生最有趣味的事情。用尼采的原话说："从生存获得最大成果和最大享受的秘密是：生活在险境中！"（《尼采全集》第五卷215页）"笑一切悲剧"——这就是人生的顶峰。那追求一帆风顺的小丈夫永远也体会不到那份强悍的动人的悲剧快感！

　　幸福的懦夫与悲剧的英雄的对比，使人想起高尔基散文诗《鹰之歌》中的蛇与鹰的对比。蛇只会爬，便以爬为能、以爬自矜、以爬为乐，它居此嘲笑天空太空虚，鹰太傻气，而高尔基热情歌颂了鹰的"勇士的狂热"。在坚持搏击抗争才是幸福这一点上，高尔基与尼采有异曲同工之处，这不是因为他们秉持着相同的哲学体系，而是因为他们同样憎恶小市民的活法，憎恶市侩哲学，蔑视市侩们所得意的那点可怜的幸运。

我的门联

[德]尼采

我住在自己的屋子里，

从未模仿他人做事，

而且——嘲笑每一个

不曾自嘲的大师。

（周国平译）

门联，至少是个人的"独立宣言"，它必然附属着两个特性：简洁、明确。若平板地去看，诗人是要求人既要自立，又要自嘲。如果这两者也是一种平面的关系的话，那势必步入诗人谴责过的境地："被自己的绳索勒紧咽喉，自知者！自绞者！"这样的"者"们太多了，无须诗人号召已如过河之鲫，这个"独立宣言"正是要走出这个怪圈，用超人的垂直升腾法——即这四句话中所包含着的一个递进关系：确立自己之后超越自己。事实上，人就是如此循环进化的，发布"宣言"，只是为了让人从自在到自觉，最后达自由之境。

"从未模仿他人做事"，即使不是尼采一生中的一个严格的事实，也是他一生对自己的一个严肃要求。至少能从诗人吟诵孤独这一个贯穿性的主题看到他这个要求的真诚程度。《孤独》《最孤独者》等，还有他大量信件，还使我们看到不模仿别人的另一个果实，便是到处漂泊，无家可归！"像一缕青烟，把寒冷的天空寻求！"像喜爱深渊的冷杉一样，卓然翘立。不肯模仿别人的实质是不认同那个不如他意的世界，做个"超人"！

那么，不肯自嘲的大师，为什么就该被嘲笑呢？

不曾自嘲的人，说明他还混沌未凿，说明他还生活在愚昧之中，这样的人成为"大师"，本身便是愚妄，就是滑稽可笑的。嘲笑他，正是一种正直和诚实。

正如孤独一样，自嘲也是一种水平，不仅是一种智慧水平，更是一种人性水平。模仿别人是爬，不去模仿，便是直立，敢于承担直立的战栗，这便是"确立自我——孤独"的人生境界，享有了自己的存在。然而，存在了，就不会澄明一片，就不会如上帝一样是个自足的实体。上帝造人的时候，就规定了：你必须通过自己的努力来实现你自己的本质，与其他的动物不同，它们先天自足，譬如蛇能爬行就够了。

于是，不会自嘲，人类就不能进步。诗人歌德借浮士德形象地说明过：人一满足，就会被魔鬼带走。科学哲学家波普尔有一个著名的提法：人类的认识活动只是一个"试错"过程。上一世纪的真理，往往会被下一世纪验证为谬误。人，不自嘲能行吗？

不会自嘲、没有能力自嘲的人是愚人，是浮浅、简陋的人，是业余水平的人，但这种人被浮浅社会标上"大师"的头衔的事却是屡见不鲜。这种廉价的大师，犹如鲁迅揭发过的"商定文豪"，这个名义本身已不是一个纯粹的价值概念，而是一个毫不足信的短暂的市民协议。连黑格尔这样的举世公认的大师，因为他缺乏自嘲意识，尼采还嘲笑他是玩逻辑游戏，与人生漠不相关，他宣称自己推出了"绝对理念"，尼采却认为那只是"概念的木乃伊"。

提倡不模仿别人，是尼采超人意志哲学的一项"坚持"，以其"尊个性而张精神"（鲁迅语）的魅力，鼓舞过几代人的浪漫情志。他的许多名言如蔑视跟随着、蔑视爱你的邻人的道德等，都与这副"门联"一脉相承。对它进行温情的解释，那要义便是要求人们活得真实、清醒！克服规范异化、摆脱凡庸的认同意识，勇于自嘲、绝不故步自封，生生不息地用生命去创化——去创化生命。

星星的道德

［德］尼采

命定要走上你的轨道，
星星啊，黑暗为何把你笼罩？
你的光轮幸福地穿越时间，
岁月的苦难于你隔膜而遥远！
你的光辉属于最遥远的世界：
怜悯在你应是一种罪孽！
只有一个命令适用于你：纯洁！

（周国平译）

星星那纯洁的活法，暗示着一种真实的道德，也宣传着一种非超人无法理解的"生命的定律"："要真正体验生命，你必须站在生命之上！"（尼采同名诗）

为什么说星星的光轮穿越时间是"幸福的"？这又是一种什么样的幸福？尼采有言："为了抵制一种全面崩溃和不知将伊于胡底的令人瘫痪的感觉，我提出了永恒轮回的思想。"应该说星星幸福的秘密正在这里。星星不存在"寻而未得""爱而不能"的痛苦，它没有无可奈何的绝望无助感，它远离岁月的苦难，它活得不需要别人的怜悯，因为唯它能克服短暂的生存这一人类无法克服的悲剧，甚至它无须不死，也无须轮回，它永恒地在天空上"自我闪光"。星星的轨道，正包含"永恒的轨迹"这一诱人的魅力。"穿越时间"正是任何追求不朽、永恒的人所必然追慕的道德意志。

星星幸福，因为它有超拔之力，它远离赞扬，它的光辉属于最遥远的世界，它也不该把自己弄小，去做儿女态怜悯别人。怜悯是对别人自尊的剥夺。诗人主张应该用一克自尊，去制造一千克爱，应该"让他去往高空和远方，否则他如何变成星辰自我闪光"(《邻人》)？所有凡庸之辈扮演得已够喧嚣的，星星绝不应该在这个档次上贡献自己的道德。星星所体现出来的道德应该是尘世最缺乏的，从而是最可宝贵的，这便是高洁。

尘世，这个范畴、这个真实本身，便远离了、推拒了纯洁。尘世俗网，使人难真实，很难超拔，从而更难企及高洁。高洁、高洁，没有高，哪来洁？道德、道德，有道才有德。高即道，洁即有德。高而后洁，洁方是最高的道德律令，也是星星留给世人的永恒的启示。"黑暗的笼罩"也丝毫无损星星的高洁！因为它能够"坚持追赶太阳，而不被它的烈焰烧焚"(《星星的利己主义》)。

诚如诗人自言，这种思想包含着这个"最孤寂的人的幻觉"。而且，星星那种"绝对理念"式的无动于衷，就是人最后的姿态吗？它固然否定了死亡，死亡也的确剥夺了人生的一切价值；但同理，不死不正也剥夺了人生的一切魅力吗？如星星一样永生不死。恒则恒矣，然而也不再有情感的波动和心灵的战栗了。超人则纯粹成了外星人，那么它也便自身否定了自己的前提。所以，这种星星的道德不是人生的目的，尼采也深知个中道理，所以最后归穴于一个命令——纯洁。

因为，人真正所需的不是实现了永恒，如木乃伊，而只是与永恒沟通。纯洁，作为一个道德律令，它的准确的解释，只能是"不模仿别人"，不去同流合污。纯洁是英雄的最后一个渴望，类似尼采所描绘的在美之中的静息与慰藉，一种形而上的慰藉。事实上是个泥涂轩冕的造型。从艾略特《荒原》长诗对世界是一片泥淖的咏叹中，亦可明白尼采呼吁纯洁的意义。

人生

［德］尼采

人生乃是一面镜子。

在镜子里认识自己，

我要称之为头等大事！

哪怕随后就离开人世！！

（钱春绮译）

"认识你自己！"这是雅典学院大门上的箴言。古希腊是尼采心中的圣地，他一生都对希腊精神一往情深，推崇备至。"认识你自己"被尼采放置在关乎怎样生、怎样死的"致命性"高度："我要称之为头等大事，哪怕随后就离开人世！"认识自己，变成了生之目的，能认识自己，便死得其所了。

"认识自己"何以这般重要？因为，人们生活在不自知中太久了，太深了。人被人类造出来的观念愚弄得到了忘却本根、虚妄昏暗的程度。培根曾概括出"种族假相""洞穴假相""市场假相""剧场假相"四种假相来论证人生活在假相中这种文化悲剧。尼采在认识论上与顿悟派禅学有相近之处：要求直指本心。但，他相信神秘，并不堕入神秘主义，他还是坚持从"人生"这面镜子中认识自己。认识了自己，才能成为一个真实的人，而尼采将真实列为其"道德谱系"的制高地。他还说过，如果不做个解谜者，何以能忍受做个人？认识自己，不正是要破解人这个硕大的谜语吗？

"认识你自己"隶属于尼采心中的古希腊的日神精神。日神精神教人执着于个体生命，将人生审美形而上学化。从人生这面镜子中认识自己，这句话的合理的解释是：从这里来寻求你自己的生命的意义。如果认识了自己，便找到了本根，便可以心满意足地"归乡"了——哲学地理解"回乡"，便是复归自己的本性了。尼采写《人生》这首诗时是十四岁，十五岁时还写了一首诗叫《归乡》，其中，"奔向永恒的家乡"，其句意与《人生》最后一句话相同："哪怕随后离开人世！"

尼采爱用镜子来形容可以使他思想清澈的媒体，如他回忆崇拜叔本华时期的心情说，当时他从叔本华的书中"看到一面硕大无比的镜子，它映照出了世界、生命和我的心"。人生这面镜子，就又比叔本华一个人的那面镜子硕大了。因为它浓缩了世界历史的形成、发展的诸多问题，从这里而不是从心造的观念中认识自己，是可以纠正许多自作多情的"主体性"自缠的误区的，这与雅斯贝尔斯等强调历史理性似有相通之处，这成了另外一个话题。在这首小诗中，问题的关键是：从这面镜子中认识自己是人生生不已的永远不会完结的课题，所以很难"随后就离开人世"。还是活着，并做个解谜者吧！

人生的宴席上……

[俄]莱蒙托夫

人生的宴席上应当勇敢地
把自己的酒坛全都给饮尽,
但一个战士,战死在战场上,
而不是椅子下,才能有奖金。

（余振译）

这里虽然号召"应当勇敢地／把自己的酒坛全都给饮尽",但与吉皮乌斯那首名诗《干杯》的立意却不相同,吉皮乌斯将"宴席""战场"这些具体规定抽象到了"杯底",她说的是对"人生一般问题"的一般态度,其抒情主人公是个大写的"我"字。

莱蒙托夫将"战士"与"酒鬼"、"战场"与"宴席"作了区分,"战死在战场"是"干杯",喝死在"椅子下"也是"干杯",但莱蒙托夫只准备给前一种"干杯"者发"奖金"。

两种"干杯"是干两种不同的杯,喝两种不同的酒,酒的品种、名称不一样,一种叫"醉生梦死",另一种叫"慷慨牺牲"。就人生态度而言,最起码前者委颓,后者勇毅;前者虽快乐却渺小,后者虽艰难却壮烈。

其实,不同的活法,就是不同的死法。为何而死准确又深入地回答着为何而生的问题。所以，不要用人死了要"奖金"何用等类似的反诘来逃避"如何生"这种永恒的拷问，已入了"人生的宴席"的人还是想想"如何死"吧。

干杯

［俄］吉皮乌斯

欢迎你呀，我的失败，

我爱你，正如我爱胜利；

谦卑藏在我高傲的杯底，

欢乐与痛苦从来就是一体。

清朗的傍晚一片安闲，

清雾荡漾在风浪已静的水面；

最后一滴严酷含有无底温柔，

上帝的真理含有上帝的欺骗。

我爱我一无保留的绝望，

最后一滴总许诺给人陶醉。

我在世上只懂一点真髓：

无论喝的是什么，都要——干杯。

（飞白译）

女诗人季娜依达·吉皮乌斯（Zinaida Gipius，1869—1945）是俄国诗歌史上"白银时代"的开创者之一。她十九岁开始发表诗作，并一举成名。十月革命后她与她的丈夫——著名作家梅列日科夫斯基一同流亡国外。她著有多种诗集。

吉皮乌斯在思想上深受尼采哲学的浸润，诗歌创作则在很大程度上受到著名哲理诗人丘特切夫的影响。其诗抒情意味浓郁，尤长于以爱情、宗教题材表现人生哲理。《干杯》是她的著名代表作之一。

能够爱失败如同爱胜利，是一副怎样的胸襟？能将谦卑与高傲放置一杯之中，又是一副怎样的心性？人们一定以为如此歌唱的是尼采式的男人。不错，这确实是尼采强力哲学最漂亮的诗体表述，这潇洒的笔意似乎显示了比尼采更超拔，从而更从容的意境。尼采同主题的诗也好，格言也罢，都显示着对抗的过程，不像这位女性诗哲，如此轻松，如此飘逸，确如"风浪已静的水面"上，"清朗的傍晚一片安闲"。因为这是一位能从严酷中汲取出温柔的卓异的女性，更是一个能看出"上帝的真理含有上帝的欺骗"的智者。她虽爱"一无保留的绝望"，却绝不是个平常意义上的绝望者，因为这里绝望正与希望同。

单是希望，它既可能给人以勇士的狂热，也可能只给人以轻浮孟浪的眩晕；单是绝望，可以让人悲伤、自暴自弃，也可能让人像枯井一样平静、古槐一样麻木不仁。平凡的人总是单面人，他们最多只能做到时而满怀希望，时而绝望得痛不欲生。这首诗的不同凡响之处，正在于它"提议"人们不要去做那愚妄的分离工作，要能够同时扼住上帝的真理与欺骗，能够一口干下欢乐与痛苦、成功与失败浑然一体的"鸡尾酒"。

这当然不是以柔克刚的中国式的道家法门，更不是退避之后无是非的神仙论，"她"依然痛苦、绝望，同样也依然温柔、陶醉。其中的"真髓"启示着人生的真义：遗憾中含着占有，恨是爱的别名，能够"享受痛苦"的人在痛苦中相逢了欣悦的灵魂……生命的辩证法、人生的魅力就在于欢迎胜利也欢迎失败，在于"欢乐与痛苦从来就是一体"。

"无论喝的是什么，都要——干杯"，这是一种成熟、健康的人生境界，除了从那个时代领潮的政治领袖那里，就只能从吉皮乌斯这类诗哲这里领受这杯"圣酒"了。

关键是做个朝圣者，做个能清人生杯底的智者。否则，即使干杯，也只能干下混浊的欲望之水，或莫名其妙的精神迷汤。其实，"干杯"对于不想自杀的人都是必然的，人必须同时领取生之乐趣与生之苦难。这里的区别只在于主动与被动，自觉还是颠顸。要想领受那透明、温柔的"陶醉"，除了有足够的睿智，还要有足够的勇气：须以酒神精神高扬生命的意志面对这杯酒！否则，你的成功，只是大写的"人"的失败，你拥有的高傲，正是"上帝"对你的欺骗——你只是个在自欺欺人的圈子里旋转的混沌未凿的人！你既不知道"严酷"的含义，也不会体悟到"享受痛苦"的陶醉感，更不会支取绝望中拥有真理的那一份"安闲"。

中国古代诗人发出这种意味的"干杯"提议者不是没有，但其中如此潇洒的似乎唯陶潜、李白、苏轼等数人。要真正懂得"无论喝的是什么，都要——干杯"这"一点真髓"，除了大智慧而外，还需要不粘不滞、不折不扣地直面人生的勇气。

一切要来的都在未来

［苏联］杜金

一切要来的都在未来，
一切已逝的都在过去。
世间的事物，
皆有自己的时限。
而人，
犹如火花，
即被希望
从昨天
派往明天。

（王守仁译）

米哈伊尔·亚历山德罗维奇·杜金（1916—1993），苏联著名诗人。他的诗作多以苏联卫国战争为主题，不少作品富有哲理趣味。他创作的诗集有《军用水壶》《近卫军之路》《十字路口的篝火》及长诗《伏尔加河》《秋》《女主人》等。

人是被希望派遣着吗？

回答应该是肯定的，连那些绝望者也算在内。因为，绝望派生了对"彼岸"的希望，派生不也是一种"派"吗？希望的这种能力简直是"天赋人权"，尽管希望的目标和内容因人而异，不但有民族、时代的差别，也像长相一样有个体差异。但在能穿透"过去"与"未来"这一点上，是"放之四海而皆准"的。

生命主要是一种时间形式，希望则是一种"现在完成将来进行"时态。人无一例外地生活在"时态"中，希望不但是一种心理能力，而且是这样一种你无法规避、超越的时态。如果相信这一点，那么杜金此诗则可改变人们一种不好的习惯——不论"时态"而妄谈希望的有无。

歌唱的教训之一

［苏联］库普里扬诺夫

人

发明笼子

先于

发明翅膀

有翅膀者

在笼子里歌唱

飞的

自由

无翅膀者

面对着笼子歌唱

笼子的

公道

鸟儿与笼子的

结合

能够产生

但是

不能导致飞

　　　　　　　飞

　　　　　乃是翅膀

　　　　　与天空的

　　　　　结　合

　　　　　　　　　　　　（王守仁译）

　　卢梭有言，人生而自由，却无往不在枷锁中。这首小诗中的
"笼子"便是"枷锁"的具体写照。诗人悲愤地说："人/发明笼子/
先于/发明翅膀。"其实，这个"人"字是该换成"人们"的。结合
成社会的"人们"，发明"笼子"的能力便成了"与生俱来"的天赋，
一个"先于"，揭示了这种宿命般的规定。这首诗切中了"存在先于
本质"还是"本质先于存在"这样根本性的形而上的问题。

　　事实上，有抽象，却没有抽象的问题。对"笼子问题"就有两
种不同的态度，一种是唱反叛的歌，历来的坚持、弘扬个性主义、
热爱自由、渴慕解放的职业哲学家和有活泼生命的普通人都用自
己的调子唱着这种歌。诗人给这类人一个形象的、定性的比喻——
"有翅膀者"。另一种则吟唱着赞美诗，他们认为"笼子"太公道，
能给予安全、秩序等，简直是"公道"的天堂。"公道"云者，只是对
这些"无翅膀"者或有翅膀无能力飞也不想再飞者才是"公道"的，
笼子本身含有接受豢养的"福利"。仅就这福利而言，笼子不仅是
"公道"的铁证，而且简直是"人道"的范本。然而，吟唱这种赞美
诗，其实却是"歌唱的教训之一"。

　　"笼子"对于"翅膀"是一种束缚、一种剥夺，即便是对"无翅膀
者"也促成了它的彻底堕落，窒息了它任何奋飞的要求与潜能。不

管是人，还是鸟，当他或它对着笼子唱起"公道"的赞歌时，除了说明着其种性的退化外，还能说明什么？他或它连找个更好点的"笼子"的要求都泯灭了，这是怎样的"教训"！

如果说，笼子是枷锁的喻象，则"飞"是"自由"的别名。"天高任鸟飞"，真正的飞只能是"翅膀与天空的结合"。与"笼子"相比照的不是飞，而是"天空"。"天空"胸怀博大，对诸种类一视同仁，它不束缚你，也不提供有限的"公道"，却体现着真正广大、彻底的"公道"。"笼子"与"天空"的对比是滑稽的，"笼子"自比"天空"是愚妄的，去歌唱笼子而不歌唱天空的"公道"不是心术不正，就是愚不可及。这种"无翅膀者"与"笼子"真是天造地设、珠联璧合的共同体，它们不断相互发明、制造着。它们一致认为：飞是不必要的，而且犯有"不安分"罪。

诗人毕竟浪漫些，这首诗的作者还坚持着卡尔·马克思对人的本质的界定：自由自觉的活动！他不去赞美笼子的公道，他呼唤人们复苏"飞性"，他向往"与天空的结合"。

诗人库普里扬诺夫虽然悲愤，但不悲观，也不是"乐观的悲观主义"，他的"笼子"不同于另一个有名小说家的"城堡"，认为人先发明了"笼子"，便无法超越它，只有永恒地围困其中，因为他的思维背景还有那广大的天空，他还相信与"天空的结合"能够产生，起码是"终究能"产生。

善良的正义

[法]艾吕雅

这是人类热烈的规律：
用葡萄，他们制造酒。
用煤炭，他们制造火，
用亲吻，他们制造人。
这是人类严峻的规律：
不顾战争和苦难。
不顾致命的危险，
生命反正要保全。
这是人类甜蜜的规律：
使水转变为光明，
使梦转变为现实，
使敌人转变为兄弟。
这条规律既古老又新鲜，
从赤子之心的深处，
一直到理智的顶点，
规律越发展越完善。

（罗大冈译）

保尔·艾吕雅（Paul Éluard, 1895—1952），法国著名的抒情诗人，有着广泛的世界影响，早期曾经和布勒东、阿拉贡一道，倡导超现实主义运动，后来与之分道扬镳，艾吕雅真正的伟大贡献，是他以正义的激情创作的赞美和平与自由的诗篇。其主要作品收在《诗与真理》《政治诗集》《礼赞集》《畅言集》等十余种诗集中。

《善良的正义》写于第二次世界大战刚刚结束的年代。当时，战争创伤处处可见。面对战争给人类带来的灾难，诗人用他那朴素的语言、单纯的形式、震撼人心的力量，给人们指出希望。

首先，诗人讴歌了"热烈的"人类理想。酿酒、造火、繁衍生息，是人类创造的规律，是生命的规律。面对满目疮痍的大地，人们仍然要遵循这个规律去生活。诗人接着讴歌了"严峻的"人类生活规律。人类为了生存下去，就要不断地战胜各种灾难，这是人类的生命本能。最后，诗人讴歌了"甜蜜的"人类理想，人类就是要创造未来的美好、和睦的生活。诗人把"甜蜜的"规律，称作"既古老又新鲜"的规律，即人类社会产生以来不断追求的一个规律：幸福与和平。诗人对未来充满了信心，认为无论是人类的赤子之心，还是人类的理智，都将不断地促进这个规律的完善。

诗人写的是人类"善良的正义"，即人类的美好道德公理：人类要生活，要自卫，要创造。艾吕雅曾经说过："真正的诗人应当反映现实世界，也应当反映我们内心世界——那个我们幻想出来的变了样子的世界，那种当我们瞪大眼睛观看生活时在我们心中出现的真实。"这首诗写了现实世界的真实，也写了内心世界的真实，最终目的仍在于产生力量，因而有着很强的鼓舞力。他用诗歌这个武器唤起人们对未来的希望，"他透着痛楚却放着光明地唤起爱的强大力量"。

　　艾吕雅对正义的善良、善良的正义的描写，是把它们置于规律的轨迹之上，显示它们的力量和意义。诗人追求人类的完美，而完美依赖善良、正义来逐步实现。这对当代世界的人们仍具有教育意义。

不完美是一种突破

[法]博纳富瓦

必须摧毁、摧毁、摧毁，
只有拯救才值得付出这般代价。
毁掉大理石上那赤裸的表皮，
才会造成一切形式一切美。
热爱完美因为它是一道门槛，
但更要否定这早已驰名的完美，
遗忘着死去的完美，
不完美是一种突破。

（飞白译）

用严密的逻辑来比证，不完美未必是突破。用周延的逻辑语言说，高于旧完美的新的不完美是一种突破。然而，这样既周且延，便不再是诗句了。诗的语言似乎天然合理地该不完整和周延。如果完整是完美的表现形式之一、要素之一，那么简直可以说，诗语言的不完美就是对散文、散文化生活的一种突破。诗的魅力的确在于斯，这个诗题先就自身"得胜头回"。

全诗的意思却是完整的，如变成哲学讲义式的语言，其中的哲理可翻译成：各种进步现象都是对已建立起来的、已完成了的

"完美"的突破。这个"完美"，当初曾经像"门槛"一样标志着一个建构物的成立。然而，进化论规定任何完美都终将成为"死去的完美"。

大而言之，历史上的生产关系的变动是如此，人类的理性结构也是如此，不同的理性体系新陈代谢着。生命的感性冲动像生产力终将突破旧的生产关系一样，突破旧的理性结构，建立新的理性结构。建立、突破、再建立、再突破，历史进步了，文明发展了，生命进化了。"一切形式一切美"，都受制于这个总规律。

所以，别为"突破"而痛心疾首！别为"不完美"而伤感、愤怒！由突破作谓语的不完美，便给定了这种不完美只是死去的完美与新生的完美之间的状态。从绝对运动观点来看，一切都是中间物，似乎不存在什么静止的不完美，只有生生不已、不断进化的不完美！表现为突破的东西、作为一种状态的突破不可能是完美的。人们是该要"突破"呢，还是抱住"死去的完美"不去进步呢？

上帝造人的时候就对人说，你与蛇等动物不同，它爬着就足够了，它们是自足的，而你则要通过你的努力来实现你的本质，永无完成的时节。你不是自足的，所以任何满足都在丧失着你的本质。注定没有完美，去不断地突破满足——完美感吧！"不完美是一种突破"——诗人如是说。

如果白昼落进……

每个白昼

都要落进黑沉沉的夜

像有那么一口井

锁住了光明。

必须坐在

黑洞洞的井口

要很有耐心

打捞掉落下去的光明

（陈光孚译）

巴勃罗·聂鲁达（Pablo Neruda, 1904—1973），智利著名诗人，二十岁时以《二十首情诗和一首绝望的歌》一举成名。他于1971年获诺贝尔文学奖，有诗集《大地上的居所》《黑岛回忆》等。

诗与哲学的关系是个感觉变成思想的关系，哲理诗正在这个转变的过程的"中途"。白昼落进黑沉沉的夜，这是个最普遍的事实、人人尽知的常识。然而，诗人却用哲理的光芒击中了这个事实的底蕴，配上一个轻巧的比喻："像有那么一口井／锁住了光明。"从而这成了关于光明与黑夜这样一个浩大的无朋问题的有力象征。

明暗更替，周而复始，是"天何言哉"般的自然法则，在这样的法则面前，大惊小怪似乎有些自作多情。聂鲁达虽以热情胜人著称，但他绝无矫情。诗人要说的是"每个"白昼，"都要"落进黑洞的"夜井"之中。诗人无意进行零碎的影射，也不必生硬地说这里櫽栝了黑暗吞噬光明的人类世相，我们只是深切地感到"每个"与"都要"间有股说不出的悲凉，光明被井口锁住也是个惨淡的意象，与聂鲁达一贯的奔放与明亮的诗句不同，它的确让人沉重。人们常说坐井望天苦闷难言，但井口毕竟还能偷来天光使人有望的可能，像窗子引进光到屋里，让人享用，反而显得窗外的光太浅了，到处都是一样。雄浑的聂鲁达不作这种精巧的辨析，他没想到与坐井观天的比较，他只是布告天下：光如斯沉埋，每天都要如斯沉埋。

　　紧接着的，也是最尖锐的问题：我们怎么办？其实也正是这个问题区分了不同的思想流派，最笼统的区分就是乐观主义哲学与悲观主义哲学。诗国拒绝纯理论问题的讨论，就以文学家来举例罢：陀思妥耶夫斯基为了回答这样的问题而每天进行灵魂拷问，他得出了悲观主义的结论：犹如无法克服自然法则一样，人无法回答这个怎么办的问题。所以，他才那么撕心裂肺，痛不欲生，他那痛苦的灵魂分散到长篇小说之中，他那小说犹如暗夜一样让人沉闷难当。而智利诗哲聂鲁达体现着另一种文化类型，他这"要很有耐心"的教导体现着充实的自信心，而很有耐心地去"打捞掉落下去的光明"，则是20世纪诗化哲学中罕见的乐观主义的吁请。这还不同于绝望中的希望，而是英雄主义的拯救人世的弘毅深情；不是我们享用光明，也不是光明来拯救我们，而是我们去打捞光明。这比那个上古的盗火者普罗米修斯更艰难，更动人。

　　因为，意识到悲剧固然难，但更难的是战胜悲剧。

生活本身就是闪电

[墨西哥]帕斯

在大海的黑夜里，
穿梭的游鱼便是闪电。
在森林的黑夜里，
翻飞的鸟儿便是闪电。
在人生的黑夜里，
粼粼的白骨便是闪电。
世界，你一片昏暗，
而生活本身就是闪电。

（江志方译）

奥克塔维奥·帕斯（Octavio Paz，1914—1998），墨西哥现代诗人和散文家，曾任墨西哥驻法国、印度等国使节。其诗感情炽烈，想象丰富，且富有哲理意味。他的主要作品有诗集《野生的月亮》《人之根》《太阳石》等。

这首诗比已成为口头禅的"日月如梭"深刻多了，它提供了更精密、丰富的生命意识，不只是感叹"逝者如斯"，还揭示了许多人们往往熟视无睹的问题。

本诗第一节用中国古诗鉴赏术语来概括是"起兴"，与第二节有着似有若无的联系。它不仅是起着"先言他物引起所咏之词"的作用，事实上已在勾勒着"生活本身"的图像，已象征性地诉说着"生活本身"的特性、内容：作为生活主体的人，他们是不是像"游鱼""鸟儿"一样，给"大海的黑夜""森林的黑夜"带来了灵性之光？如果没有"有机体"谁来验证那"无机体"是一种"体"？古往今来，倡言主体性的哲学家，在人与自然这个永恒的课题留下道道"闪电"，在黑压压的人群头上劈下耀眼却稍纵即逝的光芒。此起彼伏，代代不已。

成为"人物"的人像闪电，成了公众的拥有物；没有成为"人物"的呢，他们的"粼粼白骨"也发出过粼光。当白骨成了死亡的代称时，它也便是"人生的黑夜里"的闪电了，因为它照亮着昏暗生存的底蕴，说明着"死法就是活法"的道理。

就每一个个体来说，终归于死亡之黑夜，对于人类之外的"世界"而言，人类的存在、发展"就是闪电"，尽管可能稍纵即逝，无法与自然宇宙同生死，但毕竟给世界以光芒。这还不全是帕斯的本意，帕斯的本意还让人去捕捉像"闪电"一样的"生活本身"，尤其是于黑夜、昏暗中，不要妄自菲薄或无动于衷。这"生活本身"像柏拉图的"美本身"一样，是"绝对理念"式的"实体"，而且有着"上帝说要有光，于是有了光"的那种光芒。

碎片

[美]惠特曼

最谨慎的人最聪明，
只有不中途停顿的人才能获胜。

任何事物都像是确定了的，它既然确定了就生产，
并延续下去。

哪个将军心里有了一支好军队，
他就有了一支好军队；
他自得其乐，或者她自得其乐，就是快乐的。
但是我要告诉你，正如你不能由别人孕育一个孩子，
你不能靠别人而快乐。

一个人堂皇地走过，由一大群人簇拥着，
他们全部象征着和平——其中没有一个士兵或仆人。
一个人堂皇地走过，他已老了，但眼睛尚黑，白发犹浓，
健康有力是最显著的特征，
他的面容像闪电般吸引着每一个它所向的人。

三位老人缓缓地走过，后面跟着另外三个人，

再后面又是三个，
他们是美丽的——每三个人中的一个挽着旁边
两个的臂膀，
他们行走时一路散发着芳香。

那张从窗口向外望的哭泣的脸是什么人的呀？
那张脸上为什么满是伤心的泪呀？
它是在哀悼某个宏大的已经干了的墓地吗？
它是看浇湿那坟堆的黄土吗？

我想从园中那知更鸟的巢里掏出一个鸟蛋，
我想从园子里那老的灌木林折下一枝醋栗，
然后到世界上布道；
你将看到我不愿会见哪怕一个异教徒或藐视者，
你将看到我怎样向牧师们挑战并击败他们，
你将看到我拿出一个红番茄和一颗从海边捡来的
白色圆石来炫耀。

品行——新鲜的，天然的，丰富的，每一种都是为了
他自己或她自己，
天性与灵魂表现出来了——美国与自由
表现出来了——其中最好的艺术，
其中有自尊感、清洁、同情，能享有它们的机遇，
其中有体格、智力、信念——足足能指挥一支军队，

或许写一本书——也许还有余，
青年、劳动者、穷人，一点不亚于其余的人——
也许胜过其余的人，
宇宙的财富也不会大于它的财富；
因为在整个宇宙中都没有什么能比一个男人
或一个女人的日常行为更动人的东西，
在任何场合，在这合众国的任何一个州里。

我想我不是孤单地在这海滨散步的，
但是那个我觉得同我在一起的人，当我
在海边散步的时刻，
当我倾身注视那朦胧的微光中——那个人
已完全消失，
而那些使我烦恼的人都出现了。

（李野光译）

日常生活本身就是碎片，我们都生活在碎片中。而且，最晚从浪漫主义时代以来，哲人和诗人们就开始感慨、诅咒碎片似的生存，用力最勤、名声最著，而且是从诗到哲学一以贯之加以抗议的是席勒。他的人被切割成"碎片"的理论还启示了马克思的异化学说。但这些与惠特曼的"碎片"毫不相干，惠特曼倒从碎片中找到了亲密，找到了最真实的美。

在惠特曼笔下，碎片是一种事实，如何审视碎片变成了哲学问题：是在它面前哀歌、浩叹，还是赞美它、从中发现出美？关键是如何去发现，主体不同的认取，区别出不同的人生信念，熔铸成支撑不同哲学体系内质的那股根本情绪。这首诗也真像缤纷的碎片，全是由作家的直觉连缀而成的意念团，贯串其间的"诗眼"是发现——诗人的目光。他发现了碎片不碎及与人的命运相关联的许多秘密。

发现的前提是关注。诗人能从三三两两缓缓走过的人身上看出美丽，因为他们是亲密的——"每三人中的一个挽着旁边两个的臂膀"，因此，他们便能给道路散发出"芳香"。

发现的能力取决于主体的高度、自足程度，必须有一种神圣在胸的个性——一种类似于上帝的气魄："哪个将军心里有了一支好军队，他就有了一支好军队。"人们自然会想起《圣经·创世纪》：上帝说要有光，于是就有了光。诗人认为这是必持的一种人生态度，因为"正如你不能由别人孕育一个孩子，你不能靠别人而快乐。"

这样，即使是碎片本身也就有了自己的快乐的理由。哪怕是老的，只要健康有力，就有闪电般的魅力。所以，关键不在于是否是碎片，而在于是否健康有力！

这正是惠特曼给全人类的贡献：在"碎片"面前做主人、做上帝！他那大气磅礴的诗风在世界文学史上之所以占有光辉的地位，就因为它变成了一种人格的召唤：做人要大气磅礴。其气势美与广大读者的经验联系起来，便有了一种改变命运的伟力。应该说，这比面对生活洒下"消极浪漫"的眼泪、自伤自悼要雄阔壮美得多！那种"眼泪哲学"也许很深刻，但毕竟是一种弱者的深刻，多不过是对"浇湿那个坟堆的黄土"的关注，能发现的或许只是墓地已经干了。而惠特曼是主动的，充满着征服者、胜利者的豪迈，洋溢着热爱世界的欣悦。这种快乐绝不是浮浅的、廉价的快乐，因为它不是利己主义的。

惠特曼式的激情，已成为一个文化史现象，也是一种诗化哲学不能超越、漠视的"情感形式"。何以惠特曼有那么巨大的激情？是他有超人的心理能量，还是他体现了一种蒸蒸日上的文明？应该说二者缺一不可，事实上那种神奇的磅礴的激情正是他"天性与灵魂"同"美国与自由"的"神秘"的结合，前者有了享有后者的"机遇"，于是成了"最好的艺术"。

工业文明是具有把人切成碎片的残酷性的，但毕竟是民主与自由的社会、经济基础、真实的基础。那些空洞地呼唤人格、幸福的人们，看不到这种生产方式带给生活方式、文化心理的建设性的意义，反而是浮浅的、直观的——浮浅的情感性的直观。而惠特曼的直观是健康有力、情理共生的直观，相当于谢林在《先验唯心论体系》中标举的那种"直观"。有了这种直观能力，才能谈得上发现——罗丹所说的"生活中不是没有美，而是缺少发现美的眼睛"那个意义上的"发现"。惠特曼从"碎片"中发现到的是"足足能指挥一支军队，或者写一本书——也许还有余""宇宙的财富也不会大于它的财富"。这个发现可以简化成一句话："整个宇宙中都没有什么有比一个男人或一个女人的日常行为更动人的东西。"

杜夫海纳说得好："世界之美，首先是世界在与它相匹敌的目光中完成的：它展现了自发形式和它的可被理解的希望。"（《美学与哲学》173页）同时既像草原又像草叶的惠特曼有与世界相匹敌的目光，这"碎片"是否能给世界增添希望？

生命之川

［英］坎贝尔

人生越老，岁月越短，
生命的历程似在飞换，
儿时的一天如同一载，
一载如同几个朝代。

青春的热情尚未衰逝，
愉悦的流泉但觉迟迟，
有如一道草原中的绿溪，
静悄悄地蜿蜒着流泻。

但待颊上的红霞褪尽，
忧愁的征箭愈飞愈频，
星星哟星星，你们大小司令，
你们的运行为何愈来愈迅？

当快感失去了花时和吸引，
生命本身有如一个空瓶，
当我快要临到死境，

为什么退潮更加猛进?

怪诞呀,可能是怪诞……

谁也不想把日程放慢,

友人们谢世接二连三,

胸中的伤痛如荼如炭。

是天,使我们日渐衰竭的暮年,

得到迅速消逝的补偿,

是天,使青年时代的快乐,

得到相应的貌似的延长。

（郭沫若译）

托马斯·坎贝尔（Thomas Campbell，1777—1844，郭译原作妥默司·康沫尔），18 世纪英国著名诗人。

夕阳被山吞没时，那速度之快令人不敢相信它曾是挂在中天不动的午日，简直跟落体的铅球有了加速度一样。"人生越老，岁月越短"，不单是指人所剩时间不多了，而是要着重点指出同是一天二十四小时、一年三百六十五天，对于垂暮之人与歌啼于路的婴孩、精力弥满的中青年却意味不同，感觉不一样。爱因斯坦给非专业的人讲相对论就是这么讲的。

托马斯·坎贝尔自然不知后世人之"相对论"为何物，他只是在"总结经验"：青春过后，忧愁的征箭愈飞愈频，接近死期时退潮更加迅猛。这是有点怪诞，生命莫非也如其他落体越接近终点时越加快了速度？而且，"谁也不想把日程放慢"——谁又能放慢？

"生命的历程似在飞换"，春花、秋实，各有洞天，而对于此生所剩无多的老人，老天似乎也搬演出"损不足以奉有余"之人间法则，绝不信他们之残冬挂出六月艳阳，这条"生命之川"不再是"绿溪"，更没有"惊涛拍岸，卷起千堆雪"的雄壮了。只有"退"，连"潮"也不大。

这中间的关键是"快感失去了花时和吸引"，恐怕首先是"心老"了，才感到了岁月的煎迫，"生命之川"，到此境已不是川，而成了"一个空瓶"。不但失去了信心，而且没有了内容。连三接二地传来的亲朋的噩耗，结束了死者的日程却爬满了存活者的日程，这个"空瓶"差不多成为只装"伤痛"之炭的容器。

已经意识到了，似乎就有了找"补偿"的办法：仰望那永恒的天，克服着"逝者如斯"之川的"山穷水尽"感。"春水渡傍渡，夕阳山外山"，宋代诗人戴石屏的这联名句补缀在这首诗的结尾，恰如"青山正补墙头缺"一样，是合适而美妙的，可以给老者以安慰；给"生命之川"补出一个"柳暗花明"之境。

顿悟

［英］罗塞蒂

我一定到过此地，

何时，何因，却不知详。

只记得门外芳草依依，

阵阵甜香，

围绕岸边的闪光，海的叹患。

往昔你曾属于我，

只不知距今已有多久，

但刚才你看飞燕穿梭，

蓦然回首，

纱幕落了！——这一切我早就见过。

莫非真有过此情此景？

时间的飞旋会不会

恢复我们的生活与爱情，

超越了死，

日日夜夜再给我们一次欢欣？

（飞白译）

但丁·加百利·罗塞蒂（Dante Gabriel Rossetti, 1828—1882），

19 世纪著名诗人和画家。他的诗有较强的唯美主义色彩和神秘主义气氛,在英国诗史上独树一帜。

顿悟,往往是一种新的人生境界的完成,生生不已,悟无止境。每一次都似乎是"突然彻悟",突破了痴迷。然而又似乎都还得进入另一种痴迷。有人"悟"后迷上了放弃,有人"悟"后迷上了争取。不同人种、不同国度、不同时代、不同类型等,这诸种原因更使"悟"与"迷"的方式、内容纷纭不一。

这首小诗,名为"顿悟",却制造了一种痴迷、追觅、索取的"情感场",其"顿悟"的路线、方向、结论与佛教所常言说的那个"顿悟"大相径庭。

痴迷的心态使诗人对地点、时间、原因等都不知其详了。这种痴迷,似乎在问"我从哪里来,我到哪里去?"门外"芳草依依",岸边环绕着"海的叹息"。过去的那些"曾经",现在的情和景,你与我,我与你,都是那么扑朔迷离。一切像飞燕穿梭,一切也都像"早已见过"。"我"似乎生活过了,又一切还有待于重新开始。幕落幕启,一切都在时间中发生、完成、过去、再去。它曾取消过"不知距今已有多久"的所得,那么它"会不会恢复我们的生活与爱情"?

硬求落实,可以说本诗是一首爱情诗。半是追悼半是祈祷,在这追悼与祈祷之间,包孕了说不出的生命情思。一旦富有哲理感便超越了具体所指,具体的爱情便成了一个人性的注脚。作者的追求很简单:恢复爱、超越死。

时间的一维性,注定了生命有限,难有永久的日日夜夜的欢欣。这固然是悲凉的,但也是生命有魅力的原因。因为短暂而珍贵,因为易逝而宝贵。所以,诗人顿悟后的要求非常惹人怜爱:"只求这么多日日夜夜，再给我们一次欢欣！"

悟，对于东方人文化心理习惯来说，往往意味着超越，意味着"形而上"对"形而下"的战胜，回归于理性的澄明。这首小诗却流淌着相反的心音：欢欣！欢欣！

唯有欣悦的灵魂才是健康的、生动有力的灵魂。

杂色美

[英]霍普金斯

我把上帝赞扬，为了斑驳的物象——
　　为天空的双色如同母牛的花斑，
　　为水中鳟鱼全身玫瑰痣像幅点彩画；
　　新裂的栗子如火炭烫，金翅雀翅膀，
风景分成条块田——起伏、休闲、犁翻；
　　还有手艺百家，齿轮、滑车、装备驳杂。
　　一切对立的物象，新奇、多余、异样，
　　遍布着快、慢、甜、酸的雀斑，
　　变化多端的光和暗使人眼花；
　　全是他创造，而他的美超越了变化，
　　　赞美他吧。

（飞白译）

杰拉尔德·曼利·霍普金斯（Gerard Manley Hopkins，1844—
1889），19世纪晚期英国学者和诗人。他的诗主题深邃，语言音律
奇特，对现代诗哲艾略特等有很大的影响。

生活的颜色本来就是杂色，但能把杂色视为一种美，能从杂色
中确立美的信念，却需要与杂色生活匹敌的心胸与目光。霍普金

斯这首诗可以说是英国版的"人生就在于体现出虹彩缤纷"（歌德语）。这位英国诗人与歌德一样提倡着一种茁壮有力的人生姿态。深奥的道理一经说出便显得简单了：既然生活是杂色的，我们又何不去充分领受这杂色之美？

大至双色的天空，小到点彩画般的鳟鱼，都是杂色的，大地更不用说了，还有那"手艺百家"，缺一不可，一架滑轮车也"装备驳杂"。天生一人自有一人之用，天生万物自有万物之理。寻求单一愚不可及，因为它根本就不合造物主的原意。

杂色的另一含义是生生不息的变化，它们新奇，还有那变成多余的东西。异样的大字眼是陌生化。俄国有一派美学家认为各种创造之美就在于有那"陌生化"的效果。他们算与霍普金斯不期而遇了。杂色之美不就在有了异样，有了陌生化效果吗？诗人制造了一个别致的"通感"比喻：一切对立的物象，"遍布着快、慢、甜、酸的雀斑"。雀斑的酸甜又包含着诗人怎样的甜酸？这半明半暗的调侃其实包孕着超越的信念。享受眼花缭乱的杂色并不是终点，如果有个终点的话，那当然是"他的美"。"我把上帝赞扬"，"赞美他吧"，既因为"他"创造了斑驳的物象，也因为"他的美超越了变化"。

"他的美"是否体现为寓于杂色之中又超于杂色的杂色美？

那么，"他"——上帝是否也是杂色的？

哦，夏天的太阳

［英］比尼恩

哦，夏天的太阳，哦，移动的树木！

哦，欢快的人声，哦，忙碌而灿烂的通衢！

命运在未来能有什么时光，

我乐于能与这些相仿：

尝一尝这热、这光、这风的滋味，

高高兴兴去感受，生活多美！

（阿木译）

劳伦斯·比尼恩（Laurence Binyon，1869—1943），英国诗人，著有《英国艺术与诗歌中的风暴》。

这是一首热爱生命、讴歌生活的赞歌。我们很难断定诗人写作此诗的具体背景，但在"哦"的惊叹中，似报道着一种反差：他不是从地洞中出来的，就是从昏暗的书斋里出来的。反正是从与"忙碌而灿烂的通衢"不同的地方走来的。在"夏天的太阳"的照射下，他惊愕又兴奋，"移动的树木""欢快的人声"都刺激放大了他的"生本能"，似乎是才感受到"生活多么甜美"！用许多人常用的说法则是：我们的生活比蜜甜。

尼采说过大致相似的意思：逃避灿烂的阳光和纯净的空气去

钻入书斋等黑洞中是不道德的。比尼恩也号召人们来"尝一尝这热、这光、这风的滋味"。

所有热爱生命的人们，都对"良辰美景"情有独钟，也都能在"良辰美景"中获致审美解悟、生活的情思哲理。

第二辑　中国诗鉴赏

登幽州台歌

〔唐〕陈子昂

前不见古人，
后不见来者。
念天地之悠悠，
独怆然而涕下！

陈子昂（661—702），字伯玉，初唐著名诗人。公元 696 年，陈子昂作为随军参谋增援营州。次年兵败，陈子昂慨然进谏，却被武攸宜降为军曹。陈子昂怀着忠而见弃、报国无门的悲愤，写下这首登临抒怀之作。

幽州台，又称蓟北楼，一名蓟丘，遗址在今北京市郊。但本篇不同于一般的登临之作，诗人没有对收入视野的景色进行具体描绘，也无意于主观感情的曲折倾诉，而是着力于传达人生有限而宇宙无穷，岁月易逝而功业难就的深沉和强烈的情绪。

孤独美，是这首诗的魅力之所在。这种孤独，横贯于巨大的时空交叉处，挺立在理想与现实的分界线上。前三句，俯仰古今，目极天地，分别从时空落笔，两个"不见"，一个是过去时，另一个是现在将来时，然而又不是纯时间感，包含着诗人的现实境遇：何以唯他登台远眺，有如此独立苍茫之感？既不是娱目快心，也无"问苍茫大地，谁主沉浮"的王者气魄和自信，而是一个志士在仰天长啸，两个"不见"蕴含的主要是理想破灭、负剑空叹的郁闷和痛苦。一个"念"字，却让人看见一副沉沉思索的目光，陡然给全诗的悲怆氛围，增添一种探索、追求的情调。在"天地之悠悠"这无始无终、无边无际的时空背景下，一个"念"字透露的正是诗人对人生的执着追求和对终古之美的无限向往。两个"不见"所迸发出的孤寂情致有了一种对于宇宙精神的解悟。所以，这里的情调并不是悲愤欲绝、痛不欲生、虚无绝望的，这种解悟带来的情感升华使孤独成为一种美，是那种向隅而泣或以头抢地的"伧夫"之状所无法比拟的。然而，毕竟孤独，"独怆然而涕下"！"独"字上承"不见"而来，中经"悠悠"一转，既有力地写出了诗人生不逢时、怀才不遇、遭受压抑的孤单寂寞，又使悲愤情绪因浩大而变得美好起来，是一种个人沉郁心境之优柔与时空、历史之阔大的交融而成的优美与崇高的合体。诗人以此步入到了一个"享受痛苦"的境界。

孤独是美的，痛苦是可以享受的，是这首诗给后人的永久启迪。但是，体验它必须有足够的境界高度、意志强度，有一副与悠悠天地相匹敌的目光。因为，孤独本是一种水平，在一个压抑人的社会里，它是那么美妙而必需。

品尝孤独也许容易，品尝孤独美却是艰难的。诗人超越了一般化的报国无门的牢骚，他有以有限的一生去把握无限的人生的心志，也就超越了一般性的岁月易逝的伤感，贯穿全诗的情绪张力不是拉向深渊，而是去会合宇宙精神。悲怆和觉醒的交织，使全诗中的苍茫孤独感的哲理意绪升华为一种对于人生、宇宙、生命的审美解悟，交织成一种探索与追求的呼唤。

登鹳雀楼

〔唐〕王之涣

白日依山尽，黄河入海流。

欲穷千里目，更上一层楼。

王之涣（688—742），字季凌，原籍晋阳（今山西省太原市），其高祖时即已迁居绛郡（今山西省新绛县）。他少时击剑任侠，后折节读书，尝官衡水县主簿、义安县尉。其诗多"歌从军，吟出塞"，意境壮阔而情致雅畅，"每有作，乐工辄取以被声律"。可惜他的作品多散佚，《全唐诗》仅录存其诗六首。

这首诗用语浅近，家喻户晓，妇孺皆知。它千年盛传不息的真正原因正在于其哲理惊警，深入浅出，写出了人人意中有而语中无的道理，形象与议论相得益彰，哲理与诗情高度统一。

前两句形象的描绘被后两句哲理的议论升华成了一种"本体象征"。太阳下山了，第二天又升起来，周而复始。黄河向东流去，不舍昼夜，奔流不息。这是最简单真确的事实。然而，它也正象征着一切都是大化流衍，一切都流驶不居，人类的世代繁衍，自然界的晨昏更替，一切都生生不已。故而人也必须攀登，永不满足，再上层楼。诗的后两句抽象的议论因为前两句的具体形象而成为丰实的人生经验的升华，不只是格言的力和美，具有了超出字面意义的功能，成为激励奋发有为、积极向上这样一种情感信息载体，成为一种永久的召唤，号召世世代代的人们追求向上。它的魅力还不仅在于其哲理性，因为抽象起来，这只是一个非常通俗化的平凡的生活哲理，它的动人之处尤在于情调的感染力，它本身包孕着浩大磅礴的精神力量，给人以扫尽凡庸的正气和气概。事实上，这首诗在众多的引用中都是以抒发和勉励豪情壮志为其主要语义的。人活得太狭小低沉了，总需要这种英雄主义的气韵来补偿。吟读这首诗自然会想起"天行健，君子以自强不息"的古训，人应该活得壮阔，活得恢宏。

系中八绝（其二）

〔明〕李贽

四大分离像马奔，求生求死向何门？
杨花飞入囚人眼，始觉冥司亦有春。

　　李贽（1527—1602），明中叶后期最著名的思想家，时人目之为"颖人""狂士"，他却每以"真儒"自居。诗不多做，偶一为之，往往大有神境。

　　这首诗是李贽在狱中自杀前夕写的。尽管他一生主张"向死而生"，但在真正的死亡到来之际，面对"四大分离"时，他也不禁发出"向何门"这种惶惑性的疑问。是求生，还是求死？这是人生的第一个问题，在此时成了最后一个问题。他没有说出死比生好的意思，但揭示了一个凡庸人掌握不住的意义感，这首诗是这位哲学烈士留下的关于死亡的独特而新颖的"概念"。他在"和韵十首"第一首中说过类似的话："四大无依假此身，须从假处更闻真。风侵暑蚀非常苦，苦极方知不苦人。"联系起来看，李贽的观念就是"苦极生春"。

　　从杨花飞入囚人眼，推定"冥司亦有春"，这在哲学上是不通的，冥司与囚牢毕竟不是一回事；但作为一种诗意的裁判，则别有撩人的意绪。飞入他眼中的杨花似乎为他献了一支安魂曲，从而坚定了他求死的信念，因为，他认定冥司别具洞天，别有满眼春光。当他说冥司有春时，不是一般墨写的文字，而是他全部人生历程的血写的尾声。结合他一生为人旨趣，我们说这首诗是告诫世人"苦极生春"的道理，是一点也不虚夸的。冥司有春，是苦极之后的心理效应、精神幻觉。他对冥司春光的属意，不同于济慈对死亡的歌颂，没有那么多形而上的思考，从而也没有那么多哲理分量。冥司春光，在这里成了"绝假存真"的代价。在真与假之间，李贽坚决选择真，相应的，在生与死之间，如果须假了之后才能生，那么他就只会选择死。

　　他对于另一世界的把握依然是经验主义的。说到底还是一种"中国式的智慧"，它从逻辑上可能假，但并不愚妄，因为诗人写完后便自杀了。死后的事就是活人难以知晓的了。

金明池·咏寒柳

〔明〕柳如是

有怅寒潮，无情残照，正是萧萧南浦。更吹起，霜条孤影，还记得，旧时飞絮。况晚来，烟浪斜阳，见行客，特地瘦腰如舞。总一种凄凉，十分憔悴，尚有燕台佳句。

春日酿成秋日雨。念畴昔风流，暗伤如许。纵饶有，绕堤画舸，冷落尽，水云犹故。忆从前，一点东风，几隔着重帘，眉儿愁苦。待约个梅魂，黄昏月淡，与伊深怜低语。

宋有李师师，明有柳如是。剔除许多荒诞不经的传说，柳如是依然是晚明一大景观。

她生于1618年，死于1664年，本姓杨，名爱，字蘼芜。她离开陈子龙后改姓柳，名隐，字如是，号河东君。她是吴江（今属江苏）盛泽镇人，一说嘉兴人。盛泽镇是江浙两省交界地，是东南重要的丝织品制造交易基地，京省外国商人往来集会的码头，是真有点新生活气氛的地方。不知与此是否有必然联系，反正它是几社名流的出产地、聚会地。柳尤以"风流文采""放诞多情"著称于明末。她穿梭于吴越诸名士之间，她固然是风尘女子，但并非一般的卖笑者。她先为一大户周念西的侍女，后被主妇卖到青楼——归家院。在封建社会只有青楼女子可以"合法"浪漫，她这不自由的身世反而成就了她的自由追求。她性机警，饶胆略，博览群书，能歌舞，善谐谑，豪于饮。她崇敬英雄名士，常以男儿自许，与诸名士交往时，常自称为"弟"。跟她关系较深的先后有李存我——一个以忠义标名的一代豪杰；宋辕文当时是少年清才，浊世佳公子，后来入仕清朝，像侯方域；还有汪明然。她深爱陈子龙，找到陈子龙时，她以为"到站"了，不虚此生了，但陈子龙的奶奶和正妻都容不下这个青楼女子。柳在娄县许氏的南楼给陈当了几年"外室"，陈谎称到这里来读书，与几社名士们作文会而与她偷偷来往，可此法终非"终焉之计"。她是非英雄名流不嫁的才女，她似乎不是在找伴侣而是在找回自我的"另一半"，她是在寻找精神依托，给自己的灵魂找家园。她要嫁人则非英雄名流不足以交代自己。柳后来跟随了钱谦益。钱死后，她因不耐家庭纠纷及由此而蒙受的欺凌，以自杀这种"弥天大勇"的形式告别了这个于她而言再也不出产英雄的世界。她又是个追求生命质量、生活强度的人，苟活，不如不活。这种英雄气性，使她的一生像一抹彩虹出现在阴霾的男权的天空，光彩照人又稍纵即逝。然而，她的诗词又像王阳明说的那个"心"，成为昏天黑地的"发窍处"，使庸俗又不甘于庸俗的儿女们多了份刻骨铭心的代偿满足。

她能画、工诗词，识者谓其造诣不但高于当时的一般名士，甚至高于陈子龙、钱谦益这样的文坛领袖。除了她的学问功底、悟性一点也不弱于他们，还因为她那切身的悲痛正叩响了命运的最后一根琴弦——无奈性。"那哭不出的才是这个世界的眼泪。"与之同构的明代文人只有先她百十年的徐文长，但即使他俩相逢也很难相爱，因为他们都太"奇"了。陈子龙奇中有正，正可包容她，而子龙又太正，不能违背家长的意愿。她遇子龙是得其人却不得其势，依然无可奈何。而钱谦益的性格、年龄都有不尽柳意之处。这些都是这首词之后的事情了。说这些只是为了说明其命苦——"数奇"。她作诗填词没有功利追求，只为了纾解心中的难于明言却不得不说的情结，又有足够的才情来灵巧地化用昔人语句，无生吞活剥之病，情辞婉丽，情调幽怨，卓然为一家之声音。陈子龙为她刻行《戊寅草》，汪明然为她刊印《湖上草》，还有后人辑的《柳如是诗》，一些笔记、名士著作中还注引了她若干作品。民国时期的一些文学史，尤其是妇女文学史都给她一定的篇幅，以显示她的重要地位。她的诗词、尺牍在晚明名士圈中风靡一时，这首寒柳词是时人公认的名篇。

金明池，词牌名。柳用的是秦观《金明池》的韵，说明她不排斥宋人的成就，不像号召不读唐以后书的那些为追求高格而泥古不化的男人们（如前、后七子及几社的一些成员）。前三句及下面的"纵饶有，绕堤画舸"，是化用了汤显祖《紫钗记》第二十五出"折柳阳关"之"解三酲"中的句子，但绝对切题又难看出来历。南浦，泛指面南的水边，具体是指几社成员的活动基地——娄县陆氏南园和许氏提供给陈、柳（当时称杨）当时生活的南楼。二人诗词中常常写到这个地方。柳是几社活跃的编外女社员，并从中熏习了天下兴亡匹"妇"有责的信念，当时她正值豆蔻年华。"更吹起"以下是写崇祯八年她被陈子龙的奶奶高氏和妻子张氏逐出，遂成"孤影"情事。她又正好曾名"影怜"，更增加自己身世之感，且嵌入不隔。她离开陈后，又回归家院，"飞絮"既写自己的飘零，又嵌入了她的本姓——杨。其黠慧灵巧之性亦间接显示出来。

燕台即常说的黄金台，故址在今河北易县东南。燕昭王筑台以招贤士，所以又叫贤士台、招贤台。此处指几社名士在风雨如晦的大气候中的集会活动。"一种""十分"都是普通的数字在这里却有了满满当当的生命感觉。

下片还是夹叙夹议。从前那么心魂相守地爱着，现在只能独自承担凄风苦雨了；而且，当时诸名流都高度赞美她，但她终不得安身立命处，怎能不"暗伤"？现在"云水如故"但物是人非。下句"念"与"忆"互文，但"念"更多些故意、理性。而故意说"东风"，或许檃栝了陆游《钗头凤》"东风恶，欢情薄"的同类悲剧，穿不透"几隔着重帘"则是指陈家有那么多女性在从中作梗，致使"眉儿愁苦"也。梅魂，暗用汤显祖《牡丹亭》杜丽娘与柳梦梅的还魂恋，有寄希望于超常发挥一把的意思。此时柳如是已改杨姓为柳姓，梅又有经霜傲雪的品格。柳如是时常唱汤曲，可以感性化地运用其语句来营造自己的意境。"黄昏月淡"自可理解为时间情景，但其中又化用了语典。她当然知道宋代朱淑真的《生查子》："月上柳梢头，人约黄昏后。"月上柳梢头，还让人觉得月光重照柳姬了，还有下句的"怜"字，也是兼嵌自己的表字，又绝对不隔，不在意也不影响理解整体情绪。

这首词写于崇祯十二年深秋，即离开陈子龙之后，但还与陈子龙诗词交心，互吐衷肠，各自写了许多传为绝唱的断肠词。此词既为柳一生如寒柳之命运的写真，亦是与陈子龙感情的总结，更因写出了一种世纪末的情绪而为世所传诵。尽管明朝尚未破亡，柳也并没有概括历史兴衰、预言时代风云的"义务"或故意，但她那特有的悲剧身世、特出的政治文化情绪，养育了她对悲剧的特殊的敏感。她的确只是在写自己的"感觉"，写自己的孤寒命运，却那么精妙地写出暴风雨来临前的貌似什么事情也没有，其实却已相当阴沉的总体压力。一句"春日酿成秋日雨"就足以使她在明末文坛上占一席之地。"酿成"是万事由来有致，绝非偶然之意，为命运悲剧说之通则，而柳如是以体验语居然一语竟之。

她曾受陈子龙等几社名士的影响，但她天才超逸，终能摆脱他们那套宗古的教条主义，不拘唐诗、宋词、明曲，只要能当我意，皆不妨"拿来"，而且拿得了然无痕。譬如，"一点东风"从总体情绪上说有陆游《钗头凤》之错莫哀音，但东风又是穿不过重帘的两人的情意的隐喻，从后一层意思上又是化用了苏轼《复出东门》，"长与东风约今日，暗香先返玉梅魂"的意韵。下面的"梅魂""低语"之类亦与此和合。古人写东西就是这么穷讲究，但柳用典不隔，而且情绪主线坚定、分明，自己的"感"是主，词语是次。这与她做人的原则若合符节。她爱英雄名士，又保持自己言说的"独立自主"，没有依附之态倒多主动之意。许多须眉士夫都高度赞美她这种独立之意志、自由之精神。

她与陈的爱情本来就是英雄识英雄、在茫茫人海中终于找到自己的另一半的奇情大恋。他们之间也有一些美人名士的风流艳词，但这首不是。两人得而复失，都复成孤独个体，对一个真正情人的失恋遂变成对世界的失恋，变成了一种对"世界"的情绪、对人类的失望。"有恨""无情"的是这个世界，接连铺陈的凄楚意象都是为了点明：正因此才把"爱"作为拯救，把"燕台"上的贤士当成绝望世界中的希望，才要与他"深怜低语"。

全词画面凄楚，词情悱恻，单纯又深挚得让人心酸，尽管她写得一点都不酸，毋宁说写得很俏丽、很优美。据说，爱的最高境界就是一种淡淡的忧伤。

卧病旬日未已，闲书所感

〔明〕黄宗羲

此地那堪再度年？此身惭愧在灯前。

梦中失哭儿呼我，天末招魂鸟降筵。

好友多从忠节传，人情不尽绝交篇。

于今屈指几回死，未死犹然被病眠。

人，最根本的悲剧是这个属类的无力性，却还偏偏能意识到这种无力性。尤其是志士无能为力、英雄无用武之地，是令人触目惊心的。

反过来说，唯有志士对无力挽回惨局的境遇，才有刻骨铭心的悲痛。"此地那堪再度年，此身惭愧在灯前"是一种大痛彻心又无法言说的悲哀。人在物非，江山易色，自己唯一能做的就是对着孤灯暗自嗟伤，只恨自己活得窝囊，既不能挽狂澜于既倒，又不能壮死完节，成功成仁两不得。强悍的社会历史、道德责任压迫得他做着无尽的忏悔。

醒在梦魇中，想不清楚纷乱的世事，也稳不住百感交集的痛楚的心灵；睡更在梦魇中，"梦中失哭"的男儿泪，是那说不出的锥心痛。尤为痛苦难言的是对亡友的悼念，这也是在悼念自己的昨天，亡友身上凝聚着自己的过去，他们的惨局也是自己人生的失败。所以，作者不避重复，连用两个诗句来倾诉这份悲情，化用谢翱哭祭文天祥的典故得到了一种印证：亡友正是文天祥一样的正气节士，又让人体味到悲凉与孤单："招魂"只有"鸟降筵"了。好友殉难可以载入《忠节传》，而那些卑污之徒唯有绝交而已，而且是再写《绝交篇》《续绝交篇》也无法历数其可耻与丑劣的。这种对比不是写诗技巧，而是历史、人生的实况陈述。

在大变动的年代，在生死存亡之际，清浊黑白会一下子赤裸裸地暴露出来，不但撕下了人们的人格面具，也撤去了一切布景和依托，将人明确地放在深渊的边沿。抗清志士黄宗羲几死者数矣，而今"未死犹然被病眠"。他有什么办法改变这政治上的、生理上的种种对于人本身的剥夺？他无力改变自己的境遇，无法中止这全方位的对于人的能力的取消，只能"梦中失哭"，只能"惭愧在灯前"！

病中是发现人的真实境遇的最佳契机，病放大了各种灾难，也是人生灾难的缩影和象征。诗人的确是在"被病眠"，但更主要的病是心病，无力回天、无法挽救死难战友、无法改变自己命运的心病。

这种无力病是人的通病，这首诗写出了这种通病而获致了一种"普遍性的意蕴"（黑格尔）。这种无能为力病常常让人陷入百无聊赖的苦闷中，陷入无计可施的气恼中，陷入找不到解救之路的昏暗中，就是在"被病眠"中也做不成一个好梦。

登雨花台

〔清〕魏禧

生平四十老柴荆，此日麻鞋拜故京。

谁使山河全破碎？可堪翦伐到园陵！

牛羊践履多新草，冠盖雍容半旧卿。

歌泣不成天已暮，悲风日夜起江声。

明末清初的诗歌有一个全社会的主题：感叹易世之痛。紧承晚明的浪漫主义出现了一股支配一个世纪的感伤主义。这首诗的每一句都让我们想起孔尚任的《桃花扇·余韵》，尤其是《余韵》中的《哀江南》。既然鉴赏是一种联想力的发挥，我们不妨作一具体比较，魏诗："此日麻鞋拜故京。"孔词："山松野草带花桃，猛抬头秣陵重到。"魏诗："谁使山河全破碎？"孔词："残军留废垒，瘦瘦马卧空壕；村郭萧条，城对着夕阳道。"魏诗："可堪翦伐到园陵！"孔词："野火频烧，护墓长锹多半焦""精枝败叶当阶罩""牧儿打碎龙碑帽"。皇家陵园，过去是寻常百姓不得入内的，如今"直入守门一路蒿，住几个乞儿饿殍"（《余韵》）。用魏禧的话说就是"牛羊践履多新草"了。魏禧与孔尚任几乎还有一个共同的结尾，魏诗："歌泣不成天已暮，悲风日夜起江声。"孔词："残山梦最真，旧境丢难掉，不信这舆图换稿。诌一套《哀江南》，放悲声唱到老。"

这不是偶然的巧合，是因为历史赋予了他们相同的境遇和"课题"。这里情景交融的景物描写是由国家破亡、江山易主的严重的历史变易凝聚而成的，沉浸于草木庭阶的今昔变易，就感应到了历史的变化，以及这变化的强硬、浩大和残酷。正是这种天然的"对应性"，使看来只是普通事实的景物描写有了本体象征的表现力量。

简单的皇家陵园中的景象被如此"发现"并表达出来，却是必须在作者身经惨变看懂了生活之后才能发现的，它被很有形式感地表达出来，便成了意象。

"残山梦最真"，痛定思痛才有了长歌当哭，也才有了有意味的形式。"悲风日夜起江声"既是写实又是写意，是二者了无痕迹的融合，开拓出余味无穷的审美空间。用小景写阔大的兴亡之感再次印证了以有限展示无限的艺术规律。人生最受刺激的是对比，艺术中的对比也最能刺激鉴赏者："新草"与"旧卿"同样的茂盛，更何况新草遭践踏，旧卿却雍容！诗人又是一个"冠盖满京华，斯人独憔悴"的夜莺了。

历览（其三）

〔清〕郑燮

历览前朝史笔殊，英才多少受冤诬！
一人著述千人改，百日辛勤一日涂。
忌讳本来无笔削，乞求何得有褒诛？
唯馀适口文堪读，惆怅新添者也乎。

郑燮（1693—1765），号板桥，一生历三朝："康熙秀才、雍正举人、乾隆进士"，除任过几年知县外，以教书、卖字画为生，是"扬州八怪"中最杰出的画家。

人评郑板桥有"三绝"：诗、书、画；"三真"：气、意、趣。他正因为有真气而被活在礼仪中的人目为"怪"，然而，大凡在文化上有建树的人，首先得是个做到了绝假存真的人。许多真相都是被这种有真气的怪人发现的。这里选的是板桥《历览》组诗第三首，这首论史诗的价值就在于：发现并大胆说出了所谓史书的伪妄、荒诞，这是长久存活于"洞穴假象""剧场假象"中的中国封建文人所难以发现、不敢承认的，因为他们像愚人相信告示一样相信史书，就是那些作疑史考据文的人，已是先承认了史书可信这个前提。郑板桥则超越了这种"现场逐队之见"，从总体上否定了史书的可信度，他寻求、确信的是另一种更自然的真实。

作者"历览"的前朝史书，想到的是那些权杖与王冠像"冰山过眼倾"(《历览》之二)，但当天下是他们一姓之天下时，所有的物质与精神皆其私产，弄笔的文人也是他私家的奴才，这就天然地出现一个事实："忌讳本来无笔削"，所以皇姓家谱总是金碧辉煌了。就是各类得意人物也总是在他们显赫的时候"黄金先买史书名"(《历览》之二)。这样的史书怎会有真实可言？

文字写就的"史"，即使极力去追摹那真实的历史过程，犹有小虫子追爬大象之讥，何况这种"特殊的写法"——"史笔殊"所营构的东西呢。这种东西只是权势的产物，观念支配着弄笔的人，而观念又只是权势的派生物，至少在封建权力社会是如此。自从天下成了一姓的之后，中国古代正史基本上就是这么个写法，这是一个公开的秘密，只是郑板桥像那个看清了"皇帝新衣"本相的小孩子，直着嗓子把它喊了出来。

史书不真的另一个明显后果便是"英才多少受冤诬"！英才，作为伟大的工具被消耗尽了，然而青史留名之事却充满了偶然性：或被抹杀，或被涂改，或被歪曲，不是面目全非，就是英名不显。更别提那些士兵和农民。他们不可能想到"青史留大名"，他们充其量不过是群众甲乙、大兵若干。

写史差不多成了制作玩具："一人著述千人改，百日辛勤一日涂。"这不是个简单的文字游戏问题，而是个根据不同人的需要而不断涂改的问题，郑板桥是不再相信这种史书了，他要只读那些"适口文"；他本人已没有办法改变"惆怅新添者也乎"这种陷身文字的命运。因为他已入怪圈，没有能力去动摇先于纸笔的观念、先于观念的权势。封建社会是个权力社会，这座冰山倾坍，那座冰山又起了，史书不但不能写出冰山的无凭据性，反而被此起彼伏的无凭据的冰山弄成了"千人改""一日涂"的杂货铺。求真的人，能不"惆怅"乎！

题画竹

〔清〕郑燮

四十年来画竹枝，日间挥写夜间思。

冗繁削尽留清瘦，画到生时是熟时。

　　这首诗是郑板桥对自己画竹历程、经验的概括。他曾自言："始余画竹，能少而不能多；既而能多矣，又不能少，此层功力，最为难也。近六十外，始知减枝减叶之法。苏季子曰：简练以为揣摩。文章绘事，岂有二道！"（《书画鉴影》卷二十四）这个由少而多，又由多而少，可视为本诗所说的由生到熟、又由熟到生的一个辅证。而且不仅文章、绘事一道，所有的艺术创造都有相通的法则。

　　所谓生、熟只是个比喻性说法。譬如作文，有个由简陋而朴素上升到绚烂，然后螺旋式上升为积淀了绚烂的朴素这样一个过程。就作诗而言，起初有个模仿性的"无我"阶段，进而至于"有我"的抒情写意，后至包孕丰富的"无我"之境。推至各种技术、能力，都有个由最初的不自觉的无意识（第一个生），到人工的有意识（熟），再进化到积淀了意识之后的无意识（第二个生）的过程。

　　还可以借用《诗格》三境界说来理解郑板桥提出的生、熟境界。《诗格》以"物境"名第一境界："处身于境，视境于心，莹然掌中，然后用思，了解境象，故得形似。"这相当于郑板桥说的能少不能多的第一个"生"的境界。到能多的时候有似于《诗格》所示的第二境界——"情境"：能够"驰思,深得其情"了。第三境界"意境"的突出特征就是"得其真矣"。用郑板桥的创作经验来说就是：由多而少,返生而至真。齐白石认为：纵观历代画竹,大多"真而不妙"或"妙而不真",只有郑板桥和文与可等少数画家,才达到了"真而且妙"的境界。这大概就是郑板桥所说的："冗繁削尽留清瘦,画到生(真)时是熟(妙)时。"这第二个"生"的境界是深刻的神形兼似、真且妙的化境。

让人感动的是,郑板桥这样的大师并非"天生丽质",而是经过这样千锤百炼出来的,是四十年坚持不懈的"日间挥写夜间思"的结果。而且,板桥还是画竹的专家,他说："石涛善画,盖有万种,兰竹其余事也。板桥专画兰竹,五十余年,不画他物。彼务博,我务专,安见专之不如博乎!"当他说"画到生时是熟时"时,臠栝了多少甘辛与岁月!"画竹枝"这个选择本身又是人生哲学的话题,那百节长青之竹正是他人格的写照,又足以"舒其沉闷之气"。他所画之竹"瘦劲孤高,枝枝傲雪,节节千霄,有似乎士君子豪气凌云,不为俗屈",作者在体验艺术上的生熟之境时,何尝不是锤炼、升华着自己的人格?怪人板桥,画竹真且妙,因为他本是个真且妙的人。

好了歌

〔清〕曹雪芹

世人都晓神仙好，惟有功名忘不了！

古今将相在何方？荒冢一堆草没了。

世人都晓神仙好，只有金银忘不了！

终朝只恨聚无多，及到多时眼闭了。

世人都晓神仙好，只有姣妻忘不了！

君生日日说恩情，君死又随人去了。

世人都晓神仙好，只有儿孙忘不了！

痴心父母古来多，孝顺儿孙谁见了？

曹雪芹（1715—1763），名霑，字梦阮，号雪芹，又号芹圃、芹溪。他是旷世杰作《红楼梦》的作者。本诗见于《红楼梦》第一回，具有笼罩全书的点题意味。

成神化仙的观念，是古人的一种流俗信仰。古人有着寻求长生或解脱的宗教欲，"神仙观念"源远流长，于苦难中渴盼解脱，于富贵荣华中寻找长生，于是神仙境界成为两类人不同的慰藉。然而曹氏这首《好了歌》却跳出这个惯性，完全彻底地将"形而上"（神仙好）与"形而下"（诸项忘不了）对立起来。但是，它有个不足，即神仙怎么好，没有去说清楚，而将其视为一种先天预设——"世人都晓"。其实，世人并不知晓，因为有那么多"忘不了"。而这首歌的实质性的焦点似乎不在于"神仙好"和诸项忘不了，而在于"世上万般，好便是了，了便是好。若不了，便不好，若要好，须是了"（《红楼梦》第一回）。它暗含了一项西方悲观哲学家们的长久的坚持：存在即痛苦，若要不痛苦，须是不存在。

而此世界中有那么多"忘不了"的人们，实质上是一种"反认他乡是故乡"的荒谬性生存：人与本根分离，是一种把布景当成本真，荒谬到了意识不到荒谬的生活程度。他们没有悟透"好、了"之间的生命真谛，"到头来，都是为他人作嫁衣裳"。"了"就是"到头来"，其终极含义是死亡：草没了，眼闭了……恰如《圣经·传道书》中所描述的：银链折断，金罐破裂，瓶子在泉中损坏，水轮在井口破烂。而这种被动的"了"，不是好，只是讽刺，对于那么多"忘不了"的致命讽刺。所谓"忘不了"，事实上差不多是等于《圣经·路加福音》说的："把石磨套在脖子上，丢到海里"，是在欲海中持一种磨盘式的活法。

真正的"了"，乃是要把一切俗世的贪求都"忘了"，这种"了"才是好。与被动的"了"相比，这种"了"是经过自我选择的，但选择的不是"实现"。自我"实现"这种个性扩张的精神，不是中国封建文化中固有的，孟子的"大丈夫"人格设计，在后来的封建社会中不可能成为现实，成为普遍事实的是劣性的揩油——钻营、贪鄙，而这种"自我实现"恰恰是曹雪芹所憎恶、是本诗所否定的：那只不过是一种"乱哄哄你方唱罢我登场"的闹剧，等到草没了、眼闭了时，才显出其全部的虚幻与无谓。

其实所有的人生哲理都浓缩在了生死之间，对死亡的意识支配着生存态度。这生死之间的文章，作者才将其概括为"好""了"与忘不了的对立，一旦忘了，断绝俗缘，便是"了"，也就解脱了，也就"好"了。

这种生无常、万境归空的生存哲学固然比英雄主义逊色，但尽管是一种虚无观，却并不是消极的。这种虚无，犹如现象学的括弧悬搁法，让人用死亡意识将贪欲悬搁起来，去寻找人的本根。可以说，这种万境归空的哲学并没有提供深刻的本体论，但昭示了一种深刻的方法，对于那种不问真实凭据的浮沫般的活法、对于那些愚妄颠顸的人，提出了一个致命性的问题：你们真能寻求到永恒的幸福吗？曹雪芹是想让人活得真实一点、干净一点，但很难测算有什么效果，耽于贪欲且得意的人不会去听，也听不懂，即使听懂了也不会相信这种声音。而能听懂的只是那些失意的人，他们听了只会更加悲观，不去寻找什么得意了。

新雷

〔清〕张维屏

造物无言却有情，每于寒尽觉春生。

千红万紫安排著，只待新雷第一声。

张维屏（1780—1859），字子树，号南山，广东番禺人。张少有诗名，中年任湖北广济县知县，江西候补同知，署南康府知府，后辞官归隐。晚年写了不少反映鸦片战争的诗篇，著有《松心诗集》等。

这首诗中的"新雷""千红万紫"，不同于"两只黄鹂""一行白鹭"那类对客体的审美的知觉表象，而是主体情绪的对应形式、情绪意象，与龚自珍的"九州生气恃风雷"、魏源的"何不借风雷，一壮天地颜"一样，主体之意溢出了"象"。张维屏和他的同志们除旧布新的时代要求太强烈了，这种心意使诗人以哲理的形式来"论证"造物的法则：寒尽必春生！与同时期地球那一边的雪莱一样，借普通的自然法则，发出一个预言：冬天来了，春天还会远吗？

由自然界这种喜庆的更替滋生出对人类历史发展的乐观是自作多情、一厢情愿的。在这一点上，人类社会比大自然更冷酷无情。事实上也是如此，张维屏、龚自珍、魏源等人生前都没有看到有情的造物主给他们"抖擞"出一个新时代来。在他们的有生之年看到的是中国这个文明古国的日益严重的殖民地化。张维屏的"乐观"太可悲了，其可悲性是被历史"论证"出来的。

仅就这首诗的哲理性而言，它的乐观主义又是不可嘲弄、否定、怀疑的。正是诗人对历史前景的乐观，才特意进行这种无类比附的：借自然现象表达信念罢了，一如雪莱的预言用的是"寓言法"而已。相信造物有情的观念，是中国儒家的一个传统：对人间正道深信不疑，而是越在"寒"时越坚信造物主已安排着"千红万紫"了，犹如越处贫困黑暗中越有想象乌托邦的要求和能力，都是"反作用造型"。诗人的这段心理曲线，不是跟这首诗一样富有哲理吗？

中国文人的温情主义，不会发现"等待戈多"的荒诞性，反而坚信造物是有情的，从而满怀希望的，在人工的"千红万紫"中等待着。可是，直到鲁迅，还依然要在"于无声处听惊雷"呢。

己亥杂诗（其五）

〔清〕龚自珍

浩荡离愁白日斜，吟鞭东指即天涯。

落红不是无情物，化作春泥更护花。

龚自珍（1792—1841），近代启蒙思想家、文学家，一名巩祚，字瑟人，号定庵，浙江仁和（今杭州）人，著有《定庵文集》等。

这首诗之所以没有仅仅成为一种私人语言，而是赢得了后世各色人等的多重共鸣，就因为它以诗性语言的穿透力击中了"存在与超越"这一形而上的命题。概括言之，本诗前两句是概写存在的困境，后两句则表现了超越的心力。近代史前夜龚自珍以其"风雷老将心"在这里漂亮地回答了如何克服悲剧这一存在与超越的实质问题。

贯穿中国文学史的"士不遇"悲慨，其实是在反复诉说、印证着专制政体派给他们的"多余"角色这一万古常新的事实：志不获展几乎成了他们在劫难逃的命运悲剧。这些"奉旨赋愁"的专门家们曾有过多少"我独不得出"的浩叹，又写出过多少"古道西风瘦马"的飘零孤苦？这一群体真个是"出亦愁、入亦愁，座中何人，谁不怀忧"！如何克服这种永劫回归、代代不已的悲剧？余且不论，就"光芒万丈长"的李白、杜甫来说，前者用"天子呼来不上船"式的高蹈来转败为胜，道家气象十足；后者则是"愁极本凭诗遣兴"，却每每"诗成吟诵转凄凉"，因为他总改变不了自己那葵花向阳式的儒者本分。龚自珍固难逃这"命定"的悲剧，是放逐，也是自逐，不得不"诀别"京师，"独往人间竟独还"了。他当然也愤慨这种"生不当门也被除"的待遇，但在这首诗中却没有再版那种"士不遇"的旧式情结。他承荷着浩荡离愁，面对日落西山的景象（自然景象与社会景象的融合），不作"美人迟暮"的感伤，却以剑侠般凛凛风姿，吟鞭东指，傲视即将开始的天涯漂泊的命运！而这绝不是泥涂轩冕的造型或是转败为胜的自欺，因为"这个人"朦胧中有了新的价值和归属：告别皇家不再意味着没有了家。自己成了被开除的花——落红，并不意味着存在的意义已被取消，他拥有了"护花"的新使命，从而也就有了化悲愤为力量的心力。这最后一笔，不仅完具了超越的情感形式，并因超越的方向归于"天人行健"的大道而愈发显示出有价值的魅力，不但超越了生存的困境，也超越了前人的常规心态。

在一般的闻见道理中，超越需要适度的冷漠，甚或主张唯麻木不仁才能承受"生命之重"，其实这只叫解脱，是退败方向的事情，与进取之超越貌同而实异。不管龚自珍要保持的"花"具体内容为何，它的乐观指向是显而易感的。参读"终是落花心绪好，平生默感玉皇恩"，化作春泥亦护花似是在对皇帝表明耿耿忠心；而参读《西郊落花歌》，则这位"落花诗人"是"探春人不觉""送春人又嗤"的先醒者，说他要护之花是朦胧而新兴的文化事业亦是入情入理的正解。其实二者兼而有之，作者并不认为二者是非此即彼的。

仅就共时性的哲理内涵而言，这种超越的心理张力，不是因冷漠、麻木而秉有，而是由爱入而臻达，就可以一改释、道共同造就的心理积习。这绝不是粗糙、廉价的乐观主义或混乱中的盲目自信，这有本诗哀怨杂雄奇的情调可以为证：伤感的"离愁"反而因"浩荡"而阔绰，落红为护花而有了生命支点。雄奇的情调来源于对日暮离愁的克服，仅这首诗即可见作者兼得亦剑亦箫之美的艺术风格。情调比推理更能感染读者的体验，这首诗的哲理内容以其过程性地流淌着生命意识的内在声音而富有永久的感染力。

己亥杂诗（其一九）

〔清〕龚自珍

卿筹烂熟我筹之，我有忠言质幻师。
观理自难观势易，弹丸垒到十枚时。

从纯哲学角度看，这首小诗提出了个"理势之辩"的问题。从历史实指而言，它发出一个划时代的警告：盛清王朝已到了危如累卵的地步。这一切又都是用诗的语言表达的，作为一首哲理小诗，它具有举重若轻的潇洒意趣。

整首诗都是虚拟的，"幻师"并非江湖戏耍家，而是官场的要人们，所以诗人才标举自己说的是"忠言"。其间有多少义愤，多少苦涩，又有多少滑稽：你们玩腻了、玩够了，该让我比画两下子了！我有逆耳忠言质问你们——现在国家已被你们祸害到了什么地步？你们还这样自欺欺人？

支撑其间的是一种哲学讨论，从符合你们的利益的"理"来看，你们很难看清问题的实质和真相。若破除教条陈见、理路言筌，真实地看看事物的实况及其进程，你们就应该能够发现，现在已处在生死存亡之际了。

龚自珍对于那个社会的警告，已被后来的历史验证为一种事实，已矣哉。支撑发出警告的认识却留下了永久的启迪，这便是坚持实事求是，还是从固有的僵化的意识形态出发，陷入培根指示过的"洞穴假象""剧场假象"中，而且还自甘沉沦！这不仅是认识水平的问题，更是人性水平、职业道德的问题！在封建制这种权力社会中，那些握有权力的人如何制定措施，关乎平民百姓的生死、温寒、饱饥。那些陷入"理窟"不能自拔的人，也主要是被私欲所蔽。作为既得利益者，他们的问题首先是难以感受到水深火热，其次是不能正视水深火热，最后是用先天设定的于己有利的理为自己的决策、行为辩解，成为自欺欺人的"幻师"，那后果很明显便是祸国殃民。

让人感到悲凉的是，诗人如此有利于国、有益于民的忠言，却只能假托寓言的方式来表达。因为那被统治者坚持的"理"已变成一种强大的异化力量，已形成了一种丧失了合理性却又左右进程的人为之"势"——历史惰力。而且，正是这种势，将国家拖入危如累卵的境地！

这是触目惊心的荒诞剧，然而却是东方专制社会的亘古不变的铁血事实。大而言之，这首哲理诗所揭示的是封建帝国政治文化运行机制上的一个深层秘密。

忏心

〔清〕龚自珍

佛言劫火遇皆销，何物千年怒若潮。

经济文章磨白昼，幽光狂慧复中宵。

来何汹涌须挥剑，去尚缠绵可付箫。

心药心灵总心病，寓言决欲就灯烧。

　　展读本诗，立即就会被诗中的两元相对的意象系列推到一个尴尬的境界中：它是中国文人二重灵魂、内心分裂的写真。白天是一种实用情绪，夜气袭来又沉浸于个体的神秘情调之中。这种状态，说是心力也好，心病也罢，它终归是无法销毁泯灭的，因为它的词根是"心"。心，这个人类的永恒的支点，对于有自我意识的文人，它更是全部问题的归穴之处。它来时汹涌，去时缠绵，只有波浪起伏，不会销声匿迹，但毕竟是陷入断裂、互耗之中。这种内耗表面看是由心灵的差异而构成，其实是外界压抑与自我心灵的矛盾。"烧"是耗的铁证和结果。有趣的是它又与本诗开头的"佛火"相衔接，构成一个圆，说明烧了"寓言"也不管用，劫火尚难奏效，灯火焉能"燎"去心病？可以相信，它还会周而复始地运转下去，那轨迹还会依然圆如太极，而且事实上也是如此。

　　此诗所蕴含的哲理意味复杂又悲酸。从纯哲学的静观角度看，这"劫火"难消的心力、心病，与席勒所钟情的"感性动力"异曲同工，都描述着人类渴仰完全的潜力所具有的冲决既定堤防的"怒若潮"的态势，正如生产力一样，是一种活跃的生生不息的变革历史的动力。对这种动力的发现与把握又须纳入历史的解释才明白，它是一种个性解放的历史冲动，是历史进入浪漫主义时期的"心象"。"经济文章磨白昼，幽光狂慧复中宵。"经济文章是经世致用的，幽光狂慧是个人内心的情感风暴、未可明言的哲理情思。最能显示这种分裂，影响也最大的意象是剑与箫，在龚诗、龚词中，这一对举的意象，累计出现达十余次，"怨去吹箫，狂来说剑"是结构性的贯穿性情调。这种二重组合揭示了近代知识分子的心理构图，柳亚子的"箫心剑态愁无那""剑态箫心不可羁"则是它的历史内容的最好注脚。

从历时性角度看，"忏心"正是中国封建文人的劫数，从《离骚》以来，凡文人的"自我总结"几可以用"忏心"来概括。因为在封建时期，许多知识分子始终没有取得作为一种文明代表的资格，始终被"我独不得出"的悲慨笼罩着，从而"忏心"差不多成了永劫轮回，它既是自恋，也是心虐，既是自审，更是自耗。"寓言决欲就灯烧"，显然是一种抗议，是一种通过自渎表现出的对压抑自己的现实的一种报复。龚本人曾多次表示戒诗，但直到临死还写着。"我写故我在"，"就灯烧"与"怒若潮"相反相磨，这两端只能构成一种自缠的怪圈，活一天缠绕一天，除非天公果真"重抖擞"了。

自春徂秋，偶有所触，拉杂书之，漫不诠次，得十五首（其二）

［清］龚自珍

黔首本骨肉，天地本比邻。

一发不可牵，牵之动全身。

圣者胞与言，夫岂夸大陈？

四海变秋气，一室难为春。

宗周若蠢蠢，褒纬烧为尘。

所以慷慨士，不得不悲辛。

看花忆黄河，对月思西秦。

贵官勿三思，以我为杞人。

这首有名的诗，并不是靠优美的韵律、华美的辞藻，也不是靠作者一贯所秉有的矛盾性的张力赢得后人心动。这首诗是古拙、质朴的。其间的哲理力量，撮其大端，一是平民意识，二是忧患意识，三是方法论的智慧，即"见微知著"的洞察力。这种抽象只是为了理解的方便，诗作的魅力，其实是在抒情主人公的人格和心力。

卡夫卡说过："你不敢直立起来，因为你不敢承担直立起来的战栗。"龚自珍算站立起来了吗？也算也不算。从"四海变秋气，一室难为春"的孤独看，他是站着的，是以独立的心智在举国沉醉于升平之际，发现了日暮途穷的秋气已遍被华林。这确实承担了社会的良心、人类的理性的作用。其中的意味也正体现在四海与一室的反差中，其作用也在这里："难为春"！

这差不多交代了中国封建社会知识分子的总账：坚持民胞物与的平民意识，以黔首为骨肉，爱民是不证自明的天职、天责，也正是这种平民意识赋予了诗人忧患意识，民生疾苦使有良知者难于享乐。但他们却又不当权，不能制度性地解决民生疾苦，只能当个慷慨士，"不得不悲辛"。然而，达官贵人却认为，忧国忧民的呼喊纯系杞人忧天的多余的噪声。黔首下蛋，官贵们吃，文人替下蛋者发出"呱呱"的叫声，被食蛋者判为多余人是理固宜然的了。

然而这样的多余人能见微知著，还有一点"牵一发动全身"的系统观念。洞悉了"宗周"将混乱动扰的征兆、下世的光景。"看花忆黄河，对月思西秦"二句有实指也好，无实指也罢，都明白无误地揭示了一个不把忧民爱国当儿戏的知识分子的心态特征。他们的想象力正是他们痛苦的根源，而人性的一个最根本的、实质性的规定便是想象力。正是想象力使龚自珍这样的诗人，既替黔首，也替贵官承担着焦虑、忧思、痛苦的煎熬。

全诗质朴无华，正显示着一种真态，不但没有因质朴而乏味，却更显得情真意切。

己亥杂诗·舟中读陶诗（三首选二）

〔清〕龚自珍

其一

陶潜诗喜说荆轲，想见停云发浩歌。
吟到恩仇心事涌，江湖侠骨恐无多。

其二

陶潜酷似卧龙豪，万古浔阳松菊高。
莫信诗人竟平淡，二分梁甫一分骚。

在第一首诗中，作者认为陶潜喜欢提到荆轲，是因为他本人有恩仇事，借古喻今，感叹江湖上行侠仗义的人太少了。其实，龚自珍也是在借古喻今，他本人有恩仇未了的事，所以有"侠骨无多"的感慨。

在第二首诗中，作者认为陶潜永远是个高洁的形象，正像他所种植的松和菊。不要相信诗人那种表面的平淡，其实他的诗有着深郁的诸葛亮《梁甫吟》的情味，还有着屈原《离骚》的情味。他的意思是，陶潜既有政治抱负，又是热爱祖国、感情激烈的人。关于平淡，梁钟嵘在《诗品》中称陶潜是"古今隐逸诗人之宗"。后来不少诗评家沿用此说，大谈陶诗如何平淡，如葛常之《韵语阳秋》、蔡宽夫《西清诗话》等。如果说钟嵘把陶潜定为"古今隐逸诗人之宗"还是一种诗歌评论、美学评价的话，那么苏轼把陶潜诗的极平淡质朴的一面推到独一无二的地步，视为人生的真谛、艺术的顶峰，就是一种人生哲学的宣传了。到了退而不甘、报国无门的辛弃疾再"看渊明风流"，便得出了"酷似卧龙诸葛"的结论。龚自珍延续了这种读法，在被逼无奈只身匆匆辞官离开京城之时，读陶诗便自然感慨"江湖侠骨恐无多"，觉得陶诗二分梁甫一风骚了。

这也是"亦狂亦侠亦温文"的龚自珍作出的必然评价。他对陶诗的评论，使我们想到对李白风格的概括："庄、屈实二，不可以并，并之以为心，自白始。儒、仙、侠实三，不可以合，合之以为气，又自白始也。"龚自珍向往的正是李白这种"并二合三"的境界。龚自珍这两首评陶诗赞扬、标举了陶诗中的荆轲侠骨、卧龙豪气、屈原骚情。再联系第三首对陶潜襟怀磊落而性情温厚（"陶潜磊落性情温，冥报因他一饭恩"）的理解和肯定，似乎可以说陶潜正是他追慕的"亦狂亦侠亦温文"的典范，体现了龚自珍的人格理想。

值得注意的是龚自珍评论陶诗呼唤侠骨（第一首）、豪气（第一首）、温情（第三首）的统一，突破了墨守"温柔敦厚"的诗教传统，与龚自珍呼唤个性解放、呼唤改革风雷的思想共同体现了一种新风气。

题红禅室诗尾

〔清〕龚自珍

不是无端悲怨深，直将阅历写成吟；

可能十万珍珠字，买尽千秋儿女心。

粗看起来，龚自珍的这首论创作的诗没有多少独到之处，与"发愤著书""不平则鸣"说也差不了多少。不过，仔细看看，不难发现"直将阅历写成吟"是在强调诗意语言的原初性和本真性。这种"珍珠字"区别于浸溺在日常语言中的那些无个性的陈词滥调和无名称的"常人"的无聊闲扯。他提倡"有端"的悲怨是要"去伪"，提倡"直将阅历写成吟"是要"去蔽"——克服语言的遮蔽性、摒弃虚文陈言。"珍珠字"应该是"受天下之瑰丽而泄天下之拗怒"（龚自珍《送徐铁孙序》）的对人生一般问题的表达。将"阅历"转变成悲怨歌吟，将行为方式提纯为一种情感形式，是靠"珍珠字"的引渡，去建立一个暂存的情感世界以超越庸俗的尘寰。同样，封存在书册上的"文体"衍化成一种撼动和铸冶群体心灵（"千秋儿女心"）的情感力量，也是靠"珍珠字"。

"珍珠字"来源于对"阅历"生"悲怨"的"直写"，它却诞生于"千秋儿女心"中。前者是作家与作品的关系，属于创作环节的美学问题，后者是作品与读者的关系，属于接受环节的美学问题。因为对自己真诚感慨的信任，因为对自己"珍珠字"形式美感的信赖，他坚信自己（艺术家）与千秋儿女（欣赏者）之间精神沟通的可能性，相信自己创造了一个世界——艺术世界——一个人与人相遇、灵魂与灵魂相撞、精神与精神相融的世界。如果说"阅历"是过去，"珍珠字"是现在的话，那"千秋儿女心"是将来。"十万珍珠字"会成为一种诱发剂、一种推动力，成为一个"召唤结构"，沟通过去、现在和未来。龚自珍对召唤结构的期待，事实上是说明着启示的力量。这首诗大体上勾勒了艺术工程的概貌：阅历—感慨—珍珠字—启示—传导（千秋）。

龚自珍当然不知道"接受美学"这个词儿，但他捕捉着这个道理，他希望他的珍珠字，在接受者（千秋儿女）那里得到参与、延续和完成。而且，他以朴素的经验性语言把握住了一个接受美学的根本要求：接受美学的要旨在于以主体性原则（儿女心）为基础对于艺术本质的重新确认和拓展，把人的情在更深刻的意义上交还给人，进而升华为一种文化情感形式。

观往吟（其九）

[清]魏源

君不见，破浪乘风洵壮哉！逆风狂飓亦见柁师材。惟有龙骧万斛阁沙浅，篙师束手空叹咤。虽非立刻危亡事，亦无挽救推移计。载舟覆舟两未形，逆风顺风均不利，空令下水庸工矜得意。君不见，羲皇以来四亿岁，乱世人材倍平世。不然安得混沌重开辟，雷雨殷地芝菌生，洪涛啮山怪石出。

魏源（1794—1857），字默深，晚清著名思想家和学者，与龚自珍齐名，人称"龚魏"。他作诗最大的特点是以文入诗、以史入诗。其《观往吟》组诗共九首，这里选的是第九首，作于鸦片战争前夕。本诗从主旨到用语，都酷似其好友龚自珍《己亥杂诗·九州生气恃风雷》，其中心意旨是呼唤风雷和人才辈出，"混沌重开辟"。大而言之，这首诗是在反思历史与士子的命运，包含着魏源的历史观、人才观。

人生最可怕的是"搁浅状态"，一个国家更是如此。诗人认为当时的朝堂犹如"龙骧大船"满载万斛粮搁浅在沙滩上，那些大小官员像撑篙的水手，都束手无策徒然叹气、叫苦，无术挽救推移之。这种状态，前途极不分明，它是会走出浅滩，还是会翻沉尚未成"形"，逆风、顺风都谈不上有什么利。这是"万马齐暗究可哀"的另一种说法，也是处末世之清政府的真实状态。集权社会中一般的为政之道是"顺水推船"，窦娥蒙冤饮刃前诅咒过这种政体机制，但它仍然存活，那些庸吏们依然"自矜得意"，尽管船已搁浅，已是处在不死不活的境遇中了。他们的得意是愚妄的，也是徒然的（"空令"），但他们不会有危机感，他们在船上一天就会感觉良好一天，事实上，那"龙骧"正是被庸人们拖垮的，或者说正要被庸人拖垮，前途决不光明，也无道路可言，只是他们"回也不改其乐"罢了。

尼采有过一个形象的比喻：一个破车挂在悬崖上，是让它彻底走入绝境，死而复生呢，还是拉回来，再半死不活地蠕动呢？尼采主张把它推下山去，置之死地而后生，涅槃出新天地。魏源的思想没有这么奇异，但也不那么愚不可及地自矜得意、廉价幻想。他和龚自珍的思想差不多，希望王朝"自改革"。若将他之呼唤"混沌重开辟"理解为改朝换代大改革，则脱离其一贯思想了，只是希望天公重抖擞罢了。主语还是"天公"，所劝天公者，只是展布风雷骤雨震撼大地，从而生长出灵芝仙草这些补药，让洪涛冲刷山岩，突现出"怪石人才"，做中流砥柱，说到底，一如龚诗之"不拘一格降人才"而已。

人治的社会必须有真材才能有"治世"，然而，却唯有"乱世人材倍平世"。这是怎样的讽刺和悲哀？它充分说明那种政体的用人制度的荒唐。但本诗说到这个问题时是为乱世人才辈出而深感欣喜的。诗人从这一历史现象，预测或曰预期将出现"不拘一格之材"，从而深感报国有路、有劲可使了。能够"露峥嵘"，有用于国家是士子的最大希望，魏源很难例外。

己亥杂诗（其七）

〔清〕黄遵宪

梦回小坐泪潸然，已误流光五十年。
但有去来无现在，无穷生灭看香烟。

黄遵宪（1848—1905），字公度，广东嘉应州人，晚清诗界领袖，著名外交家。

黄遵宪晚年写就《己亥杂诗》八十九首，梁启超说是其"一生历史之小影"。这组诗如此具有古典韵味，这事实似乎比诗本身更含有哲理：一个"百年过半洲游四"的外交官、改良主义者却不得不回到中国固有的习惯性轨道上来。黄遵宪有借句于龚自珍的习惯，他的这组《己亥杂诗》亦学步龚诗，这里不妨套改龚诗来概括黄这首诗对其人、其时的说明性：天公不会重抖擞。

他五十岁辞官居家后，深深地意识到做了什么都等于没有做——"已误流光五十年"。而且他已"直到无闻无见地"，犹自有"众虫仍着鼻端飞"（组诗之八）的不安全感，但守旧派还是不肯放过他，他仍感处境危险。这是个觐见过皇帝，向皇帝陈述过"万国强由变法通"道理的人，还曾博天颜一笑。他盛赞过拿破仑、华盛顿，前者"生是天骄死鬼雄"，后者做到了"民贵遂忘皇帝贵"。这位改良新派诗人，呼吁过"世间一切人平等"、主张过中国变法走英国道路的政治家，最后却得出了一个"无穷生灭看香烟"的结论。

现代文学史上有个极著名的比喻——鲁迅的"苍蝇比喻"：苍蝇从瓶口飞出去绕了一圈又飞回来了。黄遵宪这位到过亚、非、欧、美四大洲的外交官，飞去又飞回了，回到了中国文人"现成词语"和现成思维的套路上来——与本诗类似的感叹和总结，在旧文人笔下循环了几千年。不说庄周、陶渊明这种高蹈派文人，就是陆游、罗贯中这种参与意识极强的功利派文人，不是同样有过"世间生灭无穷境，尽付山房一炷香"（陆游）、"古今多少事，都付笑谈中"（《三国演义》）之类的荒凉心绪、悲凉总结吗？

许多中国文人都抓不住"现在"，过去时靠追忆，将来时靠推测，在说"但有去来"时则靠的是想象。想象力固然是人的本质，但发挥想象力是为最彻底地占有"现在"，而不是为了将现在虚化。然而，一些中国旧文人总是多余人，活在各色"梦"中，似乎承包了"泪潸然""看香烟"的命运。没有脱离过农业文明的人，再版这种模式已是天经地义的了，而发生在热爱过拿破仑、华盛顿的近代文人身上不是太悲苦了吗？其实，也很正常，因为天公压根儿还没有重抖擞。

金缕曲

〔清〕梁启超

丁未五月归国，旋复东渡，却寄沪上诸子。

瀚海飘流燕。乍归来、依依难认，旧家庭院。惟有年时芳俦在，一例差池双剪。相对向、斜阳凄怨。欲诉奇愁无可诉，算兴亡、已惯司空见。忍抛得，泪如线。

故巢似与人留恋。最多情、欲粘还坠，落泥片片。我自殷勤衔来补，珍重断红犹软。又生恐、重帘不卷。十二曲阑春寂寂，隔蓬山、何处窥人面？休更问，恨深浅。

人生从根本的意义上说就是一场漂泊。"飘流燕"是对这种漂泊本相的极贴切地表达。梁启超用燕作比，又别有一番滋味在心头：归来得迟，复去却疾，来也匆匆去也匆匆，去也终难去。

我们无须索隐此词的本事，我们完全可以把它当成梁启超对自己生命历程的总结。叶恭绰评此词说："深心托毫素。"（《文箧中词》）"深心"是一种感慨，正来自对自身境遇的感受。这份感受的形成是以他的全部经历为底蕴的。

这种去也终须去，去又终难去的两难情绪，正是本词的核心情结，诸多繁复的意象都在表达着这种矛盾惆怅的心情。

与"飘流燕"对应的当然是故巢、家园。飘流燕是游子,家园却是慈母已亡故的颓壁残垣。留给他的只有"欲诉奇愁无可诉"的"斜阳凄怨"。口说兴亡已司空见惯,但依然"泪如线"。

"旧家庭院"虽已"依依难认",但"故巢"终是让人留恋的。最让归来的飘流燕不忍睹的是那"欲黏还坠、落泥片片"的景象。他自然要"殷勤衔来补",然而,却"重帘不卷",无从表见。正像"我欲乘风归去",又恐"高处不胜寒"的苏轼逡巡在两难之间,梁启超留恋故巢,热爱祖国,然而国在哪里,家又在何处?不是唯见"江风秋月白"的飘逸清远,而是沉重"十二曲阑春寂寂"的落寞惆怅、"何处窥人面"的孤单、找不到自己的空荡荡的悲凉。几乎是有家归不得,只有再作"飘流燕"。背井离乡的漂泊,这本身已经说明了全部问题,根本"休更问,恨深浅"。

飘流燕是一种简单的符号象征,而且"已惯司空见"。然而,因其在此篇中,完成了对作者身世之感的深刻表达,而显得分外凄婉、有意味,已升华为一种生命符号。梁启超发现了它与自己的对应关系,找到了这一"异质同构"的符号,实现了对世界和人生的一次发掘和提炼。

这位曾"挟风雷作远游"(梁启超《太平洋遇雨》),以图重振山河的志士,却不得不做了一个无枝可依、归来复去的飘流燕,这个巨大的反差显现着一份怎样的悲凉抑郁?

在爱而不可得、奇愁无可诉的十字路口上徘徊着一只孤雁,五里一回头。

鹧鸪天

〔清〕秋瑾

祖国沉沦感不禁,闲来海外觅知音。

金瓯已缺总须补,为国牺牲敢惜身!

嗟险阻,叹飘零。关山万里作雄行。

休言女子非英物,夜夜龙泉壁上鸣。

秋瑾东渡之后的诗词,有三个共同的特征:旺盛的革命斗志、豪迈奔放的风骨、激烈高亢的韵律。本词表达了横亘于词人心中的"情结"——"祖国沉沦感不禁"。

若将本词的意象简化排比出来,会使其题旨更分明地凸现出来:祖国沉沦、金瓯已缺、为国牺牲、险阻飘零、万里雄行、女子英物、龙泉夜鸣!

本词建立了一个信念:"金瓯已缺总须补";破除了一种观念:"女子非英物"。这一破一立囊括了两大主题:救亡与解放。当然包括妇女解放,妇女也是补金瓯的力量。这首词展现出一种金刚怒目式的飒爽英姿的女中豪杰的风貌。她那不怕关山险阻,不怕牺牲,时刻准备上战场杀敌的形象,为中华民族树立了一个爱国的巾帼英雄榜样。

"身不得,男儿列。心却比,男儿烈"(秋瑾《满江红·小住京华》），她的确比中国当时绝大多数的男儿都有雄风。"肮脏尘寰，问几个男儿英哲？"不是愤激之词，人们常说她是女中豪杰，其实她使多少须眉浊物黯然失色、相形见绌、自惭形秽啊！她是人中豪杰，她自身形象就彻底粉碎了"女子非英物"的偏见。

她已经迈开了妇女解放的步伐，已经在沉睡的古国中先醒而行了。龙泉夜鸣的意象不是偶然得之，更不是故作的豪语。她反复呼唤着"赤铁主义"——"公理不恃恃赤铁"！龙泉是她最常用的意象之一。她钟爱"龙泉""宝刀"（《宝刀歌》），正是要用它们去"驱逐鞑虏，恢复中华"。

词人已已，词作常存，但愿词人精神永存于国人心中。中国的民族魂正是由像她这样的人前仆后继铸成的。

说诗八首（选二）

〔清〕宋湘

其一

三百诗人岂有师，都成绝唱沁心脾。

今人不讲源头水，只问支流派是谁。

其二

涂脂传粉画长眉，按拍循腔疾复迟，

学过邯郸多少步，可怜挨户卖歌儿。

这两首"说诗"诗都强调了一个问题：文学的创新。

"诗三百"的作者们没有师承门户，却能写出沁人心脾的千古绝唱，那些"按拍循腔""邯郸学步"的人，非但不能登艺术之堂奥，反而落入乞儿打莲花落的"下九流"之中。

诗到清代，已是盛筵难再，江河日下。无论是什么新起的流派，要么是其理论本身陷入偏狭之暗衢；要么是初始之际，尚有振兴气象，末流便只暴露了其流派的缺陷，成了作茧自缚的雕虫匠人。王士禛"神韵派"末流空谈气韵；沈德潜重扬明七子复古宗唐，使"格调派"陈言满纸，都是不讲"源头活水"，把支流视作源头。

自宋代以来，诗文中的宗派流弊便很突出了，明清的宗派更迭得更为繁复。其实，立了宗派就必然有末流，直接掘到源头活水才是把握住了文学的生命，才能日新日日新。文学犹如人的生命，是必然要不断进化发展的。而且任何名著哪怕是有说不尽的大海般丰富的巨作，也不可能满足、替代后人对生命和世界的感受和解释。正如赵翼所说："预知五百年新意，到了千年又觉陈。"只有不断创新，才能更新人对自身和世界的理解，才是真正的好诗。

创新，就要求超越"支流门派"画地为牢的界限，就要一代有一代之文学。对于一个作家来说，就要求有独创性，不能专一师承、邯郸学步，要突破旧的程式，不能虚文矫饰，扭捏作态，"涂脂传粉"。强调独创性，是在强调创造力的个性独立，还要站在"活水"之中。源头活水，不是别的，只是生命与生活的直接强烈的遇合碰撞。真正的艺术家都在营造一个既不与前人重复，也不与旁人雷同的独立天地。我们完全可以说："只问支流派是谁"的人，定非好诗人。

影的告别

〔现代〕鲁迅

人睡到不知道时候的时候，就会有影来告别，说出那些话——

有我所不乐意的在天堂里，我不愿去；有我所不乐意的在地狱里，我不愿去；有我所不乐意的在你们将来的黄金世界里，我不愿去。

然而你就是我所不乐意的。

朋友，我不想跟随你了，我不愿住。

我不愿意！

呜呼呜呼，我不愿意，我不如彷徨于无地。

我不过一个影，要别你而沉没在黑暗里了。然而黑暗又会吞并我，然而光明又会使我消失。

然而我不愿彷徨于明暗之间，我不如在黑暗里沉没。

然而我终于彷徨于明暗之间，我不知道是黄昏还是黎明。我姑且举灰黑的手装作喝干一杯酒，我将在不知道时候的时候独自远行。

呜呼呜呼，倘若黄昏，黑夜自然会来沉没我，否则我要被白天消失，如果现是黎明。

朋友，时候近了。

我将向黑暗里彷徨于无地。

你还想我的赠品，我能献你什么呢？无已，则仍是黑暗和虚空而已。但是，我愿意只是黑暗，或者会消失于你的白天；我愿意只是虚空，决不占你的心地。

我愿意这样，朋友——

我独自远行，不但没有你，并且再没有别的影在黑暗里。只有我被黑暗沉没，那世界全属于我自己。

1924 年 9 月 24 日

该诗是鲁迅（周树人，1881—1936）《野草》中的篇什，从《死火》到《死后》这几篇散文诗的开头，作者不是梦见自己在冰山间奔驰，就是梦见自己在隘巷中行走。要不就是梦见自己躺在荒寒的野外、地狱的旁边，或正与墓碣对立，或梦见自己做梦、作文，或者干脆梦见自己死在道路上。这首《影的告别》也是写梦——"睡到不知道时候的时候，就会有影来告别"。这似乎可以按照弗洛伊德的梦的理论解释为潜意识中的另一个自我出动了。其实，不知道弗氏理论的人，也知道是这么回事。

这个影子怪极了，哪儿也不愿去，无论是天堂、地狱，还是黄金世界。影子连"主体"也不愿再追随！这里不但显示了鲁迅内心深处与那个世界的疏离，而且显示了他内心深处两个自我之间的灵魂上的撕裂。这两者都产生一个后果：我不如彷徨于无地。

是"荷戟独彷徨"的那个"彷徨"吗？唯唯否否。因为，似乎正不知道戟是什么，敌人在哪里。用鲁迅说过的话来形容就是：没有阵线、没有友军。只能彷徨于无地，人们常说社会是沙漠，其实连沙漠也不是，因为既没有那荒漠中的静肃，也没有寂寞中的苍茫。

这还不如一个"暗夜"，总算是一种东西，使我可以去"肉薄"，去"用希望的盾"抗拒，尽管盾后面也依然是空虚中的暗夜（《野草·希望》）。然而，影子只感到处于明暗之间，不知道是黄昏还是黎明。倘知道是什么时候了，前途也就明朗了，即"倘若黄昏，黑夜自然会来沉没我，否则我要被白天消失，如果现是黎明"。

这似乎是使他陷入一种根本的窘境，一种缺乏任何回答的两难之中。所以，除了我不愿意去的，就是无法存身、无家可归、进退无依。"我"选择了拒绝之后，便自逐与放逐一体了。是多余人，还是荒原狼？瞿秋白说后者是对的。因而这不是一般的无可奈何，是他自找的，影子是主动来告别的，他自甘彻底疏离那个世界，对他而言，只有一个主题：独自远行！

与《墓碣文》中的"我"一样，影子也是个"过客"，这次不是"疾走"，而是"独自远行"，甚至可以说，连那个必然的终点——坟，也不能拥有。这"独自远行"正是鲁迅自言的"绝望的抗战"。一方面觉得唯黑暗与虚无乃是实有，另一方面又终不能证实果真如此（《两地书·四》）。绝望固然悲凉，远行更是悲壮。鲁迅的孤独是他清醒的结果，更是原因，形成了他独有的奋然前行的身姿与格调。

参读《希望》篇，似可认定，这"影的告别"，并不是真甘心归于黑暗、沉没其中，因为这便是通常所说的绝望，而鲁迅知道连这绝望也是虚妄的。而且，在"我的面前又竟至于并且没有真暗夜"。所以，这"影的告别"的整体意思，恰如《希望》结尾所勾勒的："我只得由我来肉薄这空虚的暗夜了，纵使寻不到身外的青春，也总得来一掷我身中的迟暮。"

《墓碣文》是寻找"本味"的，这场告别所寻找的是"实有"。找啊，找！不管找没找到，找本身就是实有了。这该是这场"告别"留下的深永的理性启示。

墓碣文

〔现代〕鲁迅

我梦见自己正和墓碣对立,读着上面的刻辞。那墓碣似是沙石所制,剥落很多,又有苔藓丛生,仅存有限的文句——

……于浩歌狂热之际中寒;于天上看见深渊。于一切眼中看见无所有;于无所希望中得救。……

……有一游魂,化为长蛇,口有毒牙。不以啮人,自啮其身,终以殒颠。……

……离开!……

我绕到碣后,才见孤坟,上无草木,且已颓坏。即从大阙口中,窥见死尸,胸腹俱破,中无心肝。而脸上却绝不显哀乐之状,但蒙蒙如烟然。

我在疑惧中不及回身,然而已看见墓碣阴面的残存的文句——

……抉心自食,欲知本味。创痛酷烈,本味何能知?……

……痛定之后,徐徐食之。然其心已陈旧,本味又何由知?……

……答我。否则,离开!……

我就要离开。而死尸已在坟中坐起，口唇不动，然而说——

"待我成尘时，你将见我的微笑！"

我疾走，不敢反顾，生怕看见他的追随。

1925 年 6 月 17 日

这首散文诗有两个人物：我与死尸。诗中有两个焦点，即对"物"外在宇宙的体验，对"心"内在宇宙自审的体验。中心却只有一个：走自己的道路！由于前两者的二重组合，使得这个中心并不那么单纯、醒目。它被一种"向死而在"的悲凉包裹，也不因为是"向死而在"的"我"要极力捕捉可以安顿生命的真实"本味"。然而，难得"本味"只能"疾走，不敢反顾"。

鲁迅先生一生对"坟"的体味可以说是"才下眉头，却上心头"。这篇短短的"墓碣文"甚或可以说是他一篇象征性的自传，是他心态的一片化石标本。这从他文集的命名就可看出其中潜在的踪迹：墓碣不就是"坟"吗？"浩歌狂热"使我们想起了"热风""呐喊"。中寒，是不可避免的，于是有了在天上与深渊之间，在希望与无所希望之际的"彷徨"；本文中残断的"墓碣文"本身难道不是"南腔北调"，全文中的两个人物、两个焦点不也是一种"二心"的集结？死尸有"三闲"，墓碣如"华盖"，而对着"泪揩了，血消了；屠伯们逍遥复逍遥"的世界，这不是"去吧野草，连同我的题词"的又一种说法？"我只有杂感而已。""'而已'而已的？"（《而已集·题辞》）鲁迅的主要文集名都可从这里找到结构性的联系。这不是偶然的、人工的、牵强的。

他执笔之初直到临终封笔都对生与死有着直面之又形而上的体验。"我是很确切地知道一个终点，就是：坟。然而这是大众都知道的，无须谁指引。问题是在从此到那道路。"（《坟·写在坟后面》）

而且鲁迅深知自己只是"中间物"、只是个"过客"。而能呼吸领会这相反并生的二元宇宙之深奥的撞击者几稀：狂热、中寒；天上、深渊；因为，鲁迅就是鲁迅，他独具巨大的"心理本体"，我们除了在尼采的自剖诗篇与吉皮乌斯的《干杯》中能读到这种声音，很难遇到这样的魂灵。能同时领受两种极地之光景者，只能是鲁迅这样的"荒原狼"（黑塞有小说名《荒原狼》）：同时挖掘古典传统和现代心灵达到了惊人的深度，却无处安家，没有归宿。他是旧营垒中的逆子又是新营垒中伟大的孤臣。其实，他什么也不是，只是一"游魂"，"自啮其身"的灵魂拷问者。只有这样的"游魂"才能"抉心自食"，才能体会出内心世界中这"自食"过程的悖论："创痛酷烈，本味何能知？"抉心自食者是文化上"真的猛士"，本味终不能知，又是一份怎样的孤独与悲凉？

那"中无心肝，而脸上却绝不显哀乐之状"的死尸是安闲的。这墓碣文不属于他，只属于与之相对的"我"，是"我"的内心独白，灵魂孤本。他对二元对立之宇宙的观感、对自食其心的体验，归结起来就是由死知生，"我总记得我活在人间"（《一觉》），"于无所希望中得救"。这诚可以视为尼采"强力意志"学说的个体验证，甚或可以说，"强力意志"学说的最好的人格典范，不是发明了它的尼采，而是鲁迅。因为鲁迅关注的不是个体死亡，而是旧文化的死亡与新文化的诞生，这份历史内容，使他不愿看死尸成尘后的"微笑"，义无反顾地奋然前行了。用他自己的话说："我疾走，不敢反顾。"不管前面是什么东西，是坟，还是路。路本无所谓有，无所谓无，"生命是属于我自己的东西"，尽管他常常"梦见自己死在道路上"（《野草·死亡》）。

然而，这高大的疾走的形象似乎却留下了启示：悖论只能走出，悖论本身也启示如何走出这价值自缠迷宫的道路。鲁迅说，还要最好极力去寻找本味与实有。

第三辑　经典选注

《抱朴子·内篇》

【题解】

　　《抱朴子·内篇》共有二十卷，是晋代葛洪撰写的一部富有宗教哲学和科学技术内容的书，在我国道教史、化学史、医学史上都有突出的地位。葛洪（283—363），字稚川，自号抱朴子，丹阳句容人，是东晋时期自觉整合民间道教并努力使之体系化的道教理论家、炼丹家。他的思想经历了从儒家到道家的发展，他自己在《抱朴子·外篇·自叙》中说："其内篇言神仙方药、鬼怪变化、养生延年、禳邪却祸之事，属道家；其外篇言人间得失、世事臧否，属儒家。"《抱朴子·外篇》的撰写时间与问世，均早于《抱朴子·内篇》。《外篇》论时政得失，托古刺今，讥评世俗，述治民之道，主张任贤举能，爱民节欲。《四库提要》谓其"辞旨辨博，饶有名理"。鲁迅看重其"论及晋末社会状态"。《内篇》以玄、道、一为宇宙本体，论证神仙之存在，提出道本儒末；备述金丹、黄白、辟谷、服药、导引、隐沦、变化、服炁、存思、召神、符箓、乘蹻、诸术。《内篇》集汉晋金丹术之大成，并杂有医药、化学等方面知识，是研究我国古代道教史和科学技术史的重要资料。

　　葛洪提出"人与气互涵"的思想，说"夫人在气中，气在人中，自天地至于万物，无不须气以生者也"（《至理》）。他身体力行并理论倡导服食丹药以求长生不死从而得道成仙，认为五谷犹能使人存活，神药、金丹当然能令人不老不死了（《金丹》）。当时的道教比较注重练形，葛洪用"堤"和"水"、"烛"和"火"的构想来比喻形与神："堤坏则水不留矣""烛糜则火不居矣。身劳则神散，气竭则命终"（《至理》），有点形存则神存、形竭则神灭的倾向。然而，由于道教练形是为了神不离其身，从而长生不死以成仙，所以他又强调所谓"有因无而生焉，形须神而立焉"（同上），把形说成要依赖神才能不朽不废，从而又强调了神是第一位的。他的思辨水平就是这样在经验与神秘之间来回摇摆。因为他的根本志趣在于求仙通神。

所以，在纯粹的理论问题上，他的核心理念是"守一存真"（《地真》），他也称为"守真一"，认为这是得"道"、存"玄"，通向神仙之境的根本功夫，他说如果能将"真一"守住，就可以"陆辟恶兽，水却蛟龙""鬼不敢近，刃不敢中"（同上）了。为了从理论上说得通，他把老子的"道"改造为"玄"，将"玄"换成"玄一""真一"，二者功能相同，但"玄一"比"真一"容易达到，纯朴的他诚实地说："吾《内篇》第一名之为《畅玄》者，正以此也。"（同上）他这一得玄则长生的学说与魏晋玄学互有影响。葛洪的理论贡献和历史地位在于他助成了中国民间道教的独立发展。因为他在《抱朴子》一书中，将玄学与道教纳为一体，将神学与道学纲为一体，将方术与金丹纳为一体，将丹鼎与符箓纳为一体，将儒学与仙学纳为一体，从而确立了道教的神仙理论体系。本篇节选自《至理》的后半段，从中可以窥见神仙家养生论的大致意思。

至理（节选）

抱朴子曰：服药^①虽为长生之本，若能兼行气^②者，其益甚速，若不能得药，但行气而尽其理者，亦得数百岁。然又宜知房中之术^③，所以尔者，不知阴阳之术^④，屡为劳损，则行气难得力也。夫人在气中，气在人中，自天地至于万物，无不须气以生者也。善行气者，内以养身，外以却恶^⑤，然百姓日用而不知焉。

注释

① 服药：服食丹药。葛洪以行气、房中术、服仙药为长生三要。《抱朴子·仙药》篇分丹药为三类：丹砂等矿石药为上药，玉芝为中药，草木为下药。炼丹术是道教的一项重要修炼方术，盛行千余年，服药致死者无数，但经长期的烧炼实践，对中国药物学和古化学作出了一定贡献。

② 行气：气功术语，葛洪又称之为"行厢"，指一种逐渐延长闭气时间的以习练呼吸为主的气功功法，又称闭气法。其法源于先秦，魏晋时流行，晚唐之后罕见传行者。

③ 房中之术：早期道教养生方法之一，又名"房术""房中""房内""黄赤之术"。道教认为实行此术，可以延年益寿乃至长生不死。房中术源于战国方术。东汉时期，张陵创立五斗米道后，将房中术引为道教法术之一。东晋中后期，衰落并渐变为猥亵淫秽之术，于是遭道士和社会公众唾弃而渐趋消亡。

④ 阴阳之术：气功术语，指以"阴""阳"区分物质的属性并依此修炼的气功方式。由于学派不同，其修炼方法各式各样，但都包含形体、气息、心神三种因素的调整修炼，其修炼结果都是以提高"精气神"为总目标。阴阳之术略分为清修派和双修派。清修派认为人自身本有阴阳，双修派认为男女为阴阳。

⑤ 却恶：抵御外界各种不利于修炼的因素。

吴越有禁祝⑥之法，甚有明验，多炁⑦耳。知之者可以入大疫之中，与病人同床而已不染。又以群从行⑧数十人，皆使无所畏，此是炁可以禳⑨天灾也。或有邪魅山精⑩，侵犯人家，以瓦石掷人，以火烧人屋舍。或形见往来⑪，或但闻其声音言语，而善禁者以炁禁之，皆即绝，此是炁可以禁鬼神也。入山林多溪毒蝮蛇之地，凡人暂经过，无不中伤⑫，而善禁者以炁禁之，能辟⑬方数十里上，伴侣皆使无为害者。又能禁虎豹及蛇蜂，皆悉令伏不能起。以炁禁金疮，血即登止。又能续骨连筋。以炁禁白刃⑭，则可蹈之不伤，刺之不入。

注释

⑥ 禁祝：又称"咒禁""禁咒""禁架""禁法""符禁""祝禁""越方"等。一般认为，这是古代以巫术与气功结合用以治病的方法。"禁"有"禁忌""命令""控制"的意味，道教认为用这种方法可以遏制鬼物、毒虫猛兽并能驱治疾疫。"祝"与"咒"相通，指祈告神灵并诅咒致病的鬼怪。行法时，施法者发出特殊的声音，如唾、啸、嘘等；行法过程中又多伴以喷水等动作。

⑦ 炁：同"气"，多见于道家的书。

⑧ 群从行：多人一起赶路。

⑨ 禳（ráng）：原指以祈祷的方式消除灾殃、去邪除恶的祭祀活动，此处意为行使法术解除面临的灾难。

⑩ 邪魅山精：各种妖孽鬼怪。

⑪ 形见往来：看见它们显形。

⑫ 中伤：受伤害。

⑬ 辟：避免或驱除邪祟。

⑭ 白刃：锋利的兵器。

若人为蛇虺^⑮所中，以炁禁之则立愈。近世左慈^⑯赵明^⑰等，以炁禁水，水为之逆流一二丈。又于茅屋上然^⑱火，煮食食之，而茅屋不焦。又以大钉钉柱，入七八寸，以炁吹之，钉即涌射而出。又以炁禁沸汤，以百许钱投中，令一人手探摝^⑲取钱，而手不灼烂。又禁水著中庭露之^⑳，大寒不冰。又能禁一里中炊者尽不得蒸熟。又禁犬令不得吠。昔吴遣贺将军讨山贼^㉑，贼中有善禁者，每当交战，官军刀剑皆不得拔，弓弩射矢皆还向^㉒，辄致不利。贺将军长智有才思，乃曰，吾闻金有刃者可禁，虫有毒者可禁，其无刃之物，无毒之虫，则不可禁，彼能禁吾兵者，必不能禁无刃物矣。乃多作劲木白棒，选异力精卒五千人为先登，尽捉棓^㉓彼山贼，贼恃其善禁者，了不能

注释

⑮ 虺（huǐ）：古书上说的一种毒蛇。

⑯ 左慈：汉代方士，字符放，东吴庐江郡（治所在今安徽庐江县西）人。他少居天柱山，习炼丹。据传有神道。葛洪《抱朴子·金丹》篇载，左慈是葛之祖父葛玄之师。《后汉书·方术列传》载有他赴曹操宴，以幻术把曹府中酒悉取之饷客，被曹追杀而隐身遁形的事。

⑰ 赵明：《后汉书·徐登传》作"赵炳"。东汉方士、巫医。字公阿，东阳（今安徽天长）人。《后汉书·方术列传》称其"能为越方""禁桔树，树即生荑""又尝临水求度，船人不和之，炳乃张盖坐其中，长啸呼风，乱流而济"。

⑱ 然：通"燃"。

⑲ 摝（lù）：捞取。

⑳ 水著中庭露之：把水放在庭院中。

㉑ 吴遣贺将军讨山贼：指三国时东吴派奋武将军贺齐平叛之事，见于《三国志·吴书》。

㉒ 还向：回射发箭之人。

㉓ 棓：同"棒"，用棒打。

备，於是官军以白棒击之，大破彼贼，禁者果不复行，所打煞^㉔者，乃有万计。

夫炁出于形^㉕，用之其效至此，何疑不可绝穀^㉖治病，延年养性乎？仲长公理^㉗者，才达之士也，著《昌言》，亦论"行炁可以不饥不病，云吾始者未之信也，至于为之者，尽乃然矣。养性之方，若此至约^㉘，而吾未之能也，岂不以心驰於世务，思锐於人事哉^㉙？他人之不能者，又必与吾同此疾也。昔有明师，知不死之道者，燕君使

注释

㉔ 煞：同"杀"。

㉕ 炁出于形："炁"产生于人的身体，即前文所说"气在人中"。

㉖ 绝穀：即"辟谷"，又称"却谷""断谷""休粮""绝粒"，即不食五谷杂粮。道教认为，人食五谷杂粮，会在肠中积结成粪，产生秽气，阻碍成仙的道路。同时，人体中有三虫（三尸），专靠得此谷气而生存，有了它的存在，使人产生邪欲而无法成仙。因此为了清除肠中秽气、除掉三尸虫，必须辟谷。具体分"服气辟谷"（通过修炼气功达到辟谷的目的）和"服药辟谷"（用服食药物以代替谷食）。辟谷术起于先秦，道教创立后承袭此术。葛洪反对单行辟谷可致仙的观点，但并不怀疑辟谷术的健身延年效果。

㉗ 仲长公理：仲长统（180—220），东汉末期思想家。字公理，山阳高平（今山东邹县）人。博学，善文辞，敢于讽刺时政，批评传统思想，时人称为"狂"。官尚书郎，曾参与丞相曹操主持的军务。著有《昌言》三十四篇，已散佚，部分保存于《后汉书·仲长统传》《群书治要》及《齐民要术》等书中。本篇所引"行炁可以不饥不病"至"仙之上者也"两节，即出自其佚文。

㉘ 约：简单。

㉙ "岂不以"二句：意为不能专心修炼养性之方，是因为心思完全被世俗事务所支配了。

入学之，不捷而师死。燕君怒其使者，将加诛焉[30]。谏者曰，夫所忧者莫过乎死，所重者莫急乎生，彼自丧其生，亦安能令吾君不死也。君乃不诛。其谏辞则此为良说矣[31]。使彼有不死之方，若吾所闻行炁之法，则彼说师之死者[32]，未必不知道也，直[33]不能弃世事而为之，故虽知之而无益耳，非无不死之法者也"。又云："河南密县，有卜成[34]者，学道经久，乃与家人辞去，其始步稍高，遂入云中不复见。此所谓举形轻飞，白日昇天，仙之上者也。"陈元方韩元长[35]，皆颍川之高士也，与密[36]相近，二君所以信天下之有仙者，盖各以其父祖及见卜成者成仙昇天故耳，此则又有仙之一证也。

注 释

㉚"昔有明师"数句：事见于《韩非子》："客有教燕王为不死之道者，王使人学之，所使学者未及学而客死。王大怒，诛之。王不知客之欺己，而诛学者之晚也。夫信不然之物而诛无罪之臣。不察之患也。且人所急无如其身，不能自使其无死，安能使王长生哉？"

㉛其谏辞则此为良说矣：疑有脱字，清代严可均辑《全后汉文》此句后又有"然亦非至当之论"一句。

㉜则彼说师之死者：疑衍"说师"二字。见王明《抱朴子内篇校释（增订本）》。

㉝直：只不过。

㉞卜成：当为"上成"或"上成公"。《后汉书·方术列传》："云上成公者，密县人也。其初行久而不还，后归，语其家云：'我已得仙。'因辞家而去。家人见其举步稍高，良久乃没云。陈寔、韩韶同见其事。"

㉟陈元方韩元长：陈元方即陈寔长子陈纪，韩元长即韩韶之子韩融。陈寔、韩韶见前注。

㊱密：密县。

《坛经》

【题解】

《坛经》是唐初僧人慧能的生平事迹和语录的汇编，是中国人的佛教著作中唯一被奉为"经"的文献，是后世禅宗所依据的重要经典。慧能（638—713）亦作惠能，俗性卢，其父曾在范阳（今涿县）为官，后被降职迁流到广东新州（今新兴县东），慧能出生于此。慧能的父亲不久去世，他少时未能入学，所以不识字，稍长卖柴养母度日，成年后辗转至湖北黄梅弘忍五祖处求法，舂米为务。弘忍为选嗣法弟子，命寺僧作偈。上座神秀主张渐悟，其偈曰："身是菩提树，心是明镜台，时时勤拂拭，勿使惹尘埃。"慧能主张顿悟，其偈曰："菩提本无树，明镜亦非台，本来无一物，何处惹尘埃。"弘忍赞许，密授法衣。慧能回岭南混迹于民间各阶层十六年，于公元676年开始传授"顿悟"禅法，他所创立的禅宗是中国佛教宗派中势力最大、影响最久远的一支。武则天和唐中宗曾召他入京，均力辞不赴。王维、柳宗元、刘禹锡都曾为他撰写碑铭。

《坛经》最初由其弟子法海整理而成。"坛"指戒坛、法坛，"经"是指把慧能的说法比作释迦牟尼所说的经典。在后代的传播中，《坛经》形成十几种繁简不同的版本，其中最有价值的有：① 唐中叶的敦煌本，也叫法海本，是现知最早的版本；② 晚唐的惠昕本；③ 北宋的契嵩本；④ 元代主要承接契嵩本而再编的宗宝本，自明代以后最通行的《六祖坛经》是宗宝本的改编本。《坛经》的主要思想包括：定慧体一、一行三昧、无相为体、无念为宗、无住为本、顿悟菩提等。所谓"定慧体一"是把禅定和般若智慧看作同一性的两个方面，反对将它们主观地分开，否定坐禅、引导顿悟修为。慧能强调"一行三昧"是号召任何时候做任何事情都要"常行直心"，自觉地将精神统一，从外物的束缚中解脱出来。而"无相""无念""无住"是说"于相而离相""于念而离念""于一切法上无住"，因为"一切万法尽在自身中"，佛性本有，不必外求；佛性本无差别，只缘迷悟不同。"前念迷即凡夫，后念悟即佛"，成佛不依赖坐禅、念佛等修行，只在于明心见性，一念觉悟即可成佛，这就叫"顿悟菩提"——刹那间直觉到了自己所具有的佛性。慧能指引的简捷方便的成佛道路使禅宗脱离了印度佛教烦琐的神学理论和宗教仪式，变成了中国化的佛教。他所开创的南宗禅与神会的北宗禅都对中国思想文化产生了巨大影响。

定慧品 ^① 第四

师示众云："善知识^②！我此法门^③，以定慧为本。大众勿迷，言定慧别，定慧一体，不是二。定是慧体，慧是定用，即慧之时定在慧，即定之时慧在定。若识此义，即是定慧等学^④。诸学道人，莫言先定发慧，先慧发定各别。作此见者，法有二相^⑤。口说善语，心中不善，空有定慧，定慧不等。若心口俱善，内外一种，定慧即等。自悟修行，不在于诤^⑥；若诤先后，即同迷人^⑦。不断胜负，却增我

注释

① 定慧：戒、定、慧被视为佛教的根本三学，其中定学的特征是使内心专注而不散乱，达到凝然寂静的状态。定学的层次有高低之分，总称为禅定。慧学的特征是修习佛教经典、观照事理并获得相关智能。品：鸠摩罗什翻译《摩诃般若波罗蜜经》，将较详的二十七卷本称作《大品般若》，较略的十卷本称作《小品般若》。此处"品"表示章节。

② 善知识：佛教术语，指能正确理解佛法并依此修行的人，此为对信众的敬称。

③ 法门：修行者入道的门径。

④ 等学：融为一体的学问。此处强调定与慧本来是一不是二。

⑤ 法有二相：佛法有两种。

⑥ 诤：通"争"，与人争辩。

⑦ 迷人：内心糊涂的人。

法⑧，不离四相⑨。

"善知识！定慧犹如何等？犹如灯光。有灯即光，无灯即暗，灯是光之体，光是灯之用。名虽有二，体本同一。此定慧法，亦复如是。"

师示众云："善知识！一行三昧⑩者，于一切处，行、住、坐、

注释

⑧ 我法：即"我执"与"法执"。我执，即执着于内在的自我而产生烦恼；法执，即固执地对待外在的事物而产生烦恼。

⑨ 四相：我相、人相、众生、相寿者相，《金刚经》反复说若菩萨有此四相即非菩萨，若以此四相见佛则不能见如来。又简称我人四相、识境四相。我相，执着于本来由五蕴生成假象之"我"，并以此支配思维和行动；人相，因为有了我相而贵己贱人；众生相，住于欲界、色界、无色界的各种生命的状态；寿者相，贪恋生命并设法使之延续的心理。前人对"四相"的解释不尽相同，极而言之就是四种心理或状态。引申义发挥得好的有北宋李文会《金刚经》注：我相者，倚恃名位权势、财宝艺学、攀高接贵、轻慢贫贱愚迷之流。人相者，有能所心、有知解心、未得谓得、未证谓证、自恃持戒、轻破戒者。众生相者，谓有苟求希望之心、言正行邪、口善心恶。寿者相者，觉时似悟、见境生情、执着诸相、希求福利。有此四相，即同众生、非菩萨也。

⑩ 一行三昧：又称"一相三昧"，指以法界（即真如、佛性、本觉、真心等）为观想对象，并在行住坐卧中时刻与之相应的修行方式。一行：指修行不懈怠。三昧：梵语"正定"的意思，即将善心住于一处而不妄动。一行三昧是禅宗四祖道信禅师依据《文殊说般若经》而首倡的一种修行方式，具体做法就是唯心念佛和实相念佛相结合的坐禅。神秀的北宗禅继承了此法，着重于坐禅安心。慧能反对这种坐禅渐修的修行方式，他指出应当用正直的真心来修行，不应执着于外在的形式。

卧，常行一直心是也。如《净名经》^⑪云：直心是道场^⑫，直心是净土。莫心行谄曲，口但说直，口说一行三昧，不行直心。但行直心，于一切法，勿有执着。迷人著法相^⑬，执一行三昧，直^⑭言常坐不动，妄心不起，即是一行三昧。作此解者，即同无情，却是障道因缘^⑮。"

"善知识！道须通流，何以却滞？心不住法^⑯，道即通流。心若住法，名为自缚。若言常坐不动是，只如舍利弗^⑰宴坐^⑱林中，却

注释

⑪《净名经》:《维摩诘经》的别称。维摩诘是梵语音译，又译为维摩罗诘、毗摩罗诘，略称维摩或维摩诘，意译为净名。此经是大乘佛教的早期经典之一，因主人公为维摩诘居士而得名。唐诗人王维很受此经影响，故取字摩诘。禅宗将《维摩诘经》作为宗经之一。

⑫ 直心：真心，佛性。下面的"直心"都是"真心"。道场：道所在的地方。

⑬ 著法相：执着于"法"的状态。慧能是相信《金刚经》的，《金刚经》说："若见诸相非相，即见如来。"下一句同义，一行三昧是没有问题的，但"执"了，就"迷"了。执着于任何事理都会成为"迷人"。

⑭ 直：仅，只。

⑮ 障道因缘：阻碍修行的原因。佛教常以事物相互间的关系来说明它们生起和变化的现象，其中为事物生起或坏灭的主要条件的叫作因，为其辅助条件的叫作缘。禅宗是强调有情觉悟的，无情解脱是很容易的，慧能嘲笑那些常坐不动、自以为是在一行三昧的人其实只是"无情汉"而已。

⑯ 心不住法：心不执着于法相。

⑰ 舍利弗：梵语音译人名，释迦牟尼的十大弟子之一，又译作鹙鹭子、舍利子。

⑱ 宴坐：又作燕坐，安身正坐的意思。

被维摩诘诃⑲。善知识！又有人教坐，看心观静，不动不起，从此置功⑳。迷人不会，便执成颠㉑，如此者众。如是相教，故知大错。"

师示众云："善知识！本来正教㉒，无有顿渐㉓，人性自有利钝㉔。迷人渐契，悟人顿修，自识本心，自见本性，即无差利。所以立顿渐之假名㉕。"

"善知识！我此法门，从上以来，先立无念为宗㉖，无相为体㉗，无住为本㉘。无相者，于相而离相㉙；无念者，于念而无念㉚；无住者，人之本性。于世间善恶好丑，乃至冤之与亲，言语触刺欺争之时，

注释

⑲ 却被维摩诘诃：指舍利弗因在林中宴坐而受到维摩诘斥责的事，见于《维摩诘经》。维摩诘，中印度毗舍离城的长者，是与释迦牟尼同时代的大乘居士，精通大乘佛教教义。诃，斥责。

⑳ 从此置功：认为这样就能成功。

㉑ 颠：混乱颠倒。

㉒ 正教：合于正理的主张。

㉓ 顿渐：快速到达觉悟的教法，称为顿教；依顺序渐进，经长时间修行而觉悟者，称为渐教。禅宗有"南顿北渐"之分。南宗的慧能提倡"顿超法门"，主张"立地成佛"；与之同门同时的北宗神秀则主张"渐修"。

㉔ 利钝：聪明与迟钝。佛教把人修习佛道的基本素质称为根机，觉悟较快的人，称为利根，反之称为钝根，又作下根。

㉕ 假名：为了方便而暂时设立的名称。

㉖ 无念为宗：以"无念"为宗旨。

㉗ 无相为体：以"无相"为本体。

㉘ 无住为本：以"无住"为根本。

㉙ 于相而离相：虽然处于各种事物的现象状态中却不执着于此。李掫同说的"身在事中，心在事上"庶几达到了这种境界。

㉚ 于念而无念：虽然有念头产生却不执着于这个念头。

并将为空，不思酬害，念念之中，不思前境[31]。若前念今念后念，念念相续不断，名为系缚[32]。于诸法上，念念不住，即无缚也。此是以无住为本。

"善知识！外离一切相，名为无相。能离于相，即法体[33]清净。此是以无相为体。

"善知识！于诸境[34]上，心不染[35]，曰无念。于自念[36]上，常离诸境，不于境上生心[37]；若只百物不思，念尽除却，一念绝即死，别处受生[38]，是为大错，学道者思之！若不识法意，自错犹可，更误他人；自迷不见，又谤佛经[39]。所以立无念为宗。

"善知识！云何立无念为宗？只缘口说见性[40]迷人，于境上

注释

㉛"念念"二句：在种种念头生灭的过程中，不追思已经过去的事情。

㉜ 系缚：烦恼的异名。指众生的身心为烦恼、妄想或外界事物所束缚而失去自由，长时流转于生死之中。

㉝ 法体：佛教术语，指一切存在的本质，又指出家人的身体。

㉞ 诸境：各种外在事物、情景。

㉟ 染：佛教术语，也作染污，沾染之义。既指沾染恶习恶业，也指一切与法相对的识见和念头。

㊱ 自念：自己的心念。

㊲ 不于境上生心：不让自己的内心固着于外物。

㊳"若只"四句：谓若强迫自己断绝意念，那么一个念头断绝了好像是死了，它还会像人死之后投胎转世一样在别处冒出来。受生：投胎。

㊴ 谤佛经：歪曲诽谤佛经。《金刚经》有强调万法皆空的"谤佛"句：若人言如来有所说法，即为谤佛，不能解我所说故。

㊵ 口说见性：嘴上说认识到了佛性。

有念，念上便起邪见[41]，一切尘劳妄想[42]，从此而生。自性本无一法可得[43]，若有所得，妄说祸福，即是尘劳邪见。故此法门立无念为宗。""善知识！无者，无何事？念者，念何物？无者，无二相[44]，无诸尘劳之心。念者，念真如[45]本性，真如即是念之体，念即是真如之用。真如自性起念[46]，非眼耳鼻舌能念，真如有性，所以起念。真如若无，眼耳色声当时即坏。[47]

"善知识！真如自性起念，六根[48]虽有见闻觉知，不染万境，而真性常自在。故经云：能善分别诸法相，于第一义而不动[49]。"

注释

⑪ 邪见：偏见。

⑫ 尘劳妄想：世俗的虚妄念头。

⑬ 自性本无一法可得：自身固有的佛性原本没有一种固定的方法可以获得。此句强调要自我实践，不向外求。

⑭ 无二相：不认为万物有差别。

⑮ 真如：佛教术语，又有"法界""实相"等异名。佛教各派对"真如"的解释不一，分类也各异。一般解释为不变的最高真理或本体。《成唯识论》卷九称："真谓真实，显非虚妄；如谓如常，表无变异。谓此真实予一切位常如其性，故曰真如。"

⑯ 真如自性起念：从自己的本性产生对"真如"的认识。

⑰ "真如"二句：如果没有真正的佛性，由各种感官得来的认识立刻就没有价值了。

⑱ 六根：佛教术语，佛教以人身之眼、耳、鼻、舌、身、意为六根，根是"能生"的意思，因为眼、耳等对于色、声能生起感觉，故称为根。与"六根"相关的概念有六尘（色、声、香、味、触、法，为六根的认识对象）、六识（眼识、耳识、鼻识、舌识、身识、意识，为六根的认识功能）。

⑲ "能善分别"二句：语出《维摩诘经·佛国品》，谓能以修持佛法所得的智能认识、了解各种事物的现象，坚持终极真理不动摇。第一义：指佛教的终极真理。

《正蒙》

【题解】

张载（1020—1077），字子厚，号横渠，北宋开始兴起的理学奠基人之一。理学是流行于宋明六百年间的儒家思想体系，是以讨论天道性命问题为中心并注重道德修养的哲学思想。理学所标举的"天理"，既指宇宙、自然的一般规律（物理），更是指人"道德心性"的根本原则（性理）。理学因探讨天道、人道也被称为"道学"。理学主要有三大派别：以张载为代表的"气一元论"，程、朱为代表的"理一元论"和陆、王为代表的"心一元论"。朱熹直接发挥了张载的思想，王阳明也对张载相当敬重。张载祖籍宋（今河南商丘），后徙大梁（今河南开封）定居于横渠镇（今陕西眉县横渠镇）。他37岁中进士，曾任参军、县令、崇文院校书，后辞职回乡讲学，遂称横渠先生。张载少年即有奇气，喜谈兵法，他的著述与语录都气魄宏大，充满生机与理趣，理学史上公认"横渠功夫最亲切"。他的哲学思想主要有：① 太虚即"气"的宇宙本体论。以"气"为天地万物的共同本原和本质，认为宇宙中的一切现象，都是"气"的不同表现形态。"气"实际上成为张载概括一切客观实在的哲学范畴。②"一物两体"的辩证法。"两"就是对峙的两方面互相作用、变化的根本原因。"两故化"的学说对哲学是一个巨大贡献。他认为对峙的合一关系是："两不立则一不可见，一不可见则两之用息。两体者，虚实也，动静也，聚散也，清浊也，其究一而已。"一"则是"两"之上的本质，如太虚是一，阴阳是两。"一物两体，气也。一故神（张子自注：两在故不测），两故化（张子自注：推行于一），此天之所以参也。"气是一物两体，即包含对立的部分的统一物。唯其对待，故发生变化；唯其对峙而又统一，故变化莫测。对峙而又合一谓之"参"。这种"一物两体""一故神两故化"的学说，丰富和发展了古代朴素辩证法思想。③ 在认识论方面，他提出"见闻之知"与"德性之知"的区别，见闻之知是由感觉经验得来的，德性之知是由修养获得的精神境界，进入这种境界的人"大其心则能体天下之物"。④ 在人性论伦理学方面，张载认为，人的天地之性与气质之性都是根源于气的，但二者各自在根源上又有区别。天地之性根源于太虚之气，而气质之性则根源于各自禀受到的阴阳之气。由于人所禀之气各不相同，故气质之性是人人各异的，是人在性格、智力、品德等方面的特殊性。人性既然是由天地之性与气质之性所组成的，而先天具有的天地之性纯善无恶，后天的气质之性有善有恶，那么一般的人性必然是善恶相混的；每个人都要并可以"变化气质""通蔽开塞"，从学者（初学）成长为大人（贤人）、圣人。南宋著名理学家朱熹曾高度评价张载的人性说，认为它大有功于"圣门"。这种由张载所创始，后来又经程颐、朱熹加工改造的人性论，成为宋明理学中占统治地位的人性学说。⑤《西铭》的"大同"理想和自由人格境界。《西铭》（又称《订顽》）作为张载的思想纲领，早年曾书写悬挂于横渠书院，是张载著作中最著名的篇章，被后世学者推崇备至，甚至与《论语》《孟子》等经典相提并论。本篇与他的横渠四句"为天地立心（志），为生民立命（道），为往（去）圣继绝学，为万世开太平"（《张子语录》）激励了无数学者和志士，而且是中国学术思想核心的精彩表达，因为它精辟地说明了中国思想中天人合德之说的真正理由。

西铭①

乾称父,坤称母②。予兹藐焉,乃混然中处③。故天地之塞,吾其

注释

①《西铭》:原名《订顽》,为《正蒙·乾称》篇的开头部分,张载曾将其录于学堂双牖的右侧,题为《订顽》,"订顽"是订正愚顽之意,"顽"主要指的是麻木不仁的自我中心。朱熹又将《西铭》从《正蒙·乾称》篇中分出,加以注解,使之成为独立的篇章,《朱子语类》中又详加解释。本篇主要阐述孔子《易传》的天道思想,说明万物一体,天地一家,天人合一,核心是彰显"仁"之相通、相贯、相爱的深情大义。

②"乾称父"二句:"乾天""坤地"如同给我们生命的父母。出自《周易·说卦传》:"乾,天也,故称乎父;坤,地也,故称乎母。"《朱子语类》卷九十八:"自一家言之,父母是一家之父母。自天下言之,天地是天下之父母。这是一气,初元间隔。"朱熹敏锐地把握到张载正是用乾父坤母这"一气"感通确立起全篇的推论逻辑。

③"予兹藐焉"二句:个体的"我"在天地之间显得弱小稚嫩,但却与天地融为一体。予,我。兹,语气词。藐,弱小,多指幼儿。混然中处:融洽地处于天地之间就像处于父母中间。

体^④；天地之帅，吾其性^⑤。民吾同胞，物吾与也^⑥。大君^⑦者，吾父母宗子^⑧。其大臣，宗子之家相^⑨也。尊高年，所以长其长；慈孤弱，所

注释

④ "故天地之塞"二句：所以乾父坤母这阴阳二气充塞天地，构成我的生命本体。言外之意是每个小我有什么理由麻木不仁地自私呢？朱熹《朱子语类》卷九十八："塞只是气，吾之体即天地之气。"朱熹再次揭示全篇隐而不显的理路是"气之本体"的感发、气之感通性贯穿其间，如果离开了"气"的贯通和感通性原理，就不会有语句之层层展开。这是张载的"气本论"，借《易经》乾坤阴阳之气的说法而展开。

⑤ "天地之帅"二句：阴阳二气主宰天地万物，也是我的本性。帅，主宰。朱熹《朱子语类》卷九十八："帅是主宰，乃天地之常理也，吾之性即天地之理。"

⑥ "民吾同胞"二句：所有的人都是我的兄弟，万物都是我的朋友。《朱子语类》卷九十八："万物皆天地所生，而人独得天地之正气，故人为最灵，故民同胞，物则亦我之侪辈。"成语"民胞物与"出于此句，是儒家的仁爱精神的著名格言。物，指除人类之外的所有生物。与，同类。张载在《经学理窟》"议理"章中说："合内外，平物我，自见道之大端。"被宋儒列为《四书》之首的《大学》开篇第一句话就是："大学之道，在明明德，在亲民，在止于至善"。《孟子》则有"亲亲而仁民，仁民而爱物"。

⑦ 大君：指天子。

⑧ 宗子：古代宗法制中享有继承权的嫡长子。张载为维护社会秩序特别推重宗法制度，在其《经学理窟》"宗法"一节有详细的论证：可以管摄天下人心、厚风俗、敦伦理，从而保家保国。

⑨ 家相：家臣。"相"本为先秦封建贵族祭祀时主持典礼之人，大多由王宰亲贵担任。此处强调的是私人依附的世代延续性，家臣有长期思想，不会有短期行为。

以幼其幼⑩。圣其合德，贤其秀也⑪。凡天下疲癃残疾，茕独鳏寡，皆吾兄弟之颠连而无告者也⑫。于时保之，子之翼也⑬；乐且不忧，纯乎孝者也⑭。违曰悖德，害仁曰贼⑮。济恶者不才，其践形，惟肖者也⑯。

注释

⑩ "尊高年"四句：意为对年长者的尊重、对幼小者的慈爱是出于因"民吾同胞，物吾与也"而生的朴素情感，并应将这种情感态度推广到天下所有的老人和幼弱者身上。前"长""幼"为动词，后为名词。《孟子·梁惠王上》："老吾老以及人之老，幼吾幼以及人之幼。"

⑪ "圣其合德"二句："圣人"达到了天人合德，"贤人"是那些按上文所说的道理去实践并做得很好的人。《易传·乾卦·文言》："夫人者，与天地合其德，与日月合其明，与四时合其序，与鬼神合其吉凶。"秀：突出。

⑫ "凡天下"三句：天下所有处于苦难中的人，都是我的困苦无告的兄弟。疲癃：衰老多病的人。癃（lóng）：衰弱多病。茕独：孤苦伶仃的人。鳏寡：鳏夫和寡妇，《孟子·梁惠王下》："老而无妻曰鳏，老而无夫曰寡，老而无子曰独，幼而无父曰孤。此四者，天下之穷民而无告者。"颠连：困苦。无告：无处诉说。

⑬ "于时保之"二句：意为我们要时时保护那些老弱病残、颠连无告的人，他们是"你"的羽翼（左膀右臂）。子：你。翼：羽毛、翅膀。

⑭ "乐且不忧"二句：这样做心甘如饴，并不愁烦。相当于《论语》说孝敬父母最难的是态度（"色难"）。所以才有下一句：纯乎孝者也。这是仁者大爱的境界。

⑮ "违曰悖德"二句：违背了真诚的仁心，就叫作"悖德"；损害了仁心，就叫作"贼"。《孟子·梁惠王下》："贼仁者谓之贼。"

⑯ "济恶者不才"三句：如果助长恶行，就是没有出息的人，只有实践体现出合乎天理的品质，才像个人样。王夫之注："必践形斯为肖子，肖乾坤而后肖父母，为父母之肖子，则可肖天地矣。"

知化则善述其事，穷神则善继其志⑰。不愧屋漏为无忝，存心养性为匪懈⑱。恶旨酒，崇伯子之顾养⑲。育英才，颍封人之锡类⑳。不弛劳而

注释

⑰"知化"二句：知化、穷神，语出《易传·系辞下》："穷神知化，德之盛也。"神、化，指神妙的天地生化之德。善述其事、善继其志，语出《礼记·中庸》："夫孝者，善继人之志，善述人之事者也。"两"其"字都指天地乾坤而言。天地乾坤所做之事为化育，所存之志为神妙的天机，圣人继承其事、其志犹如孝子秉承父母意旨。这样直接把经典文本中的语词和句子裁剪在一起，有直接回到经典文本精神气质的效果。这也是本文的一个写作特点。

⑱"不愧屋漏"二句：不愧屋漏：不再暗中做坏事、起坏念头。语出《礼记·中庸》："《诗》云：'相在尔室，尚不愧于屋漏。'故君子不动而敬，不言而信。"屋，小帐也；漏，隐也。忝，羞辱。存心养性：语出《孟子·尽心上》："尽其心者，知其性也。知其性，则知天矣。存其心，养其性，所以事天也。"匪懈：不松懈。匪，同"非"。大意为：暗室不亏心，时刻养心性。是在提倡"慎独"修为。

⑲"恶旨酒"二句：夏禹不喜欢美酒，而顾念父母的养育之恩。恶旨酒：语出《孟子·离娄下》，"禹恶旨酒而好善言。"旨，甘美。意为禹不喜欢美酒，而喜欢有益的话。崇伯子：夏禹之父鲧封于崇，史称崇伯，崇伯子即夏禹。顾养：《孟子·离娄下》，"孟子曰：世俗所谓不孝者五。……博弈好饮酒，不顾父母之养，二不孝也。"

⑳"育英才"二句：得天下英才而教育之，是将颍考叔那样的内心纯孝推广到他人身上的体现。育英才：语出《孟子·尽心上》，"孟子曰：君子有三乐，而王天下不与存焉。父母俱存，兄弟无故，一乐也。仰不愧与天，俯不怍于人，二乐也。得天下英才而教育之，三乐也。"颍封人：即颍考叔，曾任颍谷封人，春秋时郑国人，以事母至孝著称，其事见于《左传·隐公元年》。锡类，永锡尔类的简称，语出《诗经·大雅·既醉》，"孝子不匮，永锡尔类，其是之谓乎！"锡，赐给。"恶旨酒""育英才"二句以夏禹和颍考叔作为由孝顺父母而治天下的例子。

底豫,舜其功也㉑;无所逃而待烹,申生其恭也㉒。体其受而归全者,参乎㉓! 勇于从而顺令者,伯奇也㉔! 富贵福泽,将厚吾之生也。贫

注 释

㉑"不弛劳"二句:舜侍奉父母勤劳不懈而使之得到欢乐,并使天下人受感化,这就是他所获得的成功。相传舜的继母和弟弟都要害舜,但舜仍然原谅了他们,还对父亲尽孝,因此尧帝把天下交给舜管理。事见于《史记·五帝本纪》。不弛劳:勤劳不松懈。弛,松懈。底豫:底(zhǐ),招致。《尔雅》:"底,致也。豫,乐也。"《孟子·离娄上》:"舜尽事亲之道而瞽瞍底豫,瞽瞍底豫而天下化,瞽瞍底豫而天下之为父子者定。此之谓大孝。"

㉒"无所逃"二句:申生为了尽孝道,不逃避死亡,所以被后世称为"恭世子"。申生:春秋时晋献公太子。晋献公宠爱的骊姬想让自己的儿子奚齐做太子,便诬告申生,献公听从骊姬的话,想杀申生。申生考虑到国家大局,不听从公子重耳的劝告去为自己辩白或逃走,毅然受死。待烹:指等死。恭,申生死后的谥号,《谥法》:"敬顺事上曰恭。"事见于《礼记·檀弓上》。"不弛劳""无所逃"二句,张载以两个极端的例子来说明人应该有"孝"的精神。

㉓"体其受"二句:曾参认为人应该保护好受之于父母的身体发肤,使之不损伤、不受辱。参,曾参,字子舆,孔子弟子,以孝著称,相传《大学》《孝经》均为其所作。《孝经·开宗明义章》:"身体发肤,受之父母,不敢毁伤,孝之始也。"《礼记·祭义》:"父母全而生之,子全而归之……可谓孝矣,不亏其体,不辱其身,可谓全矣。"

㉔"勇于从"二句:尹伯奇勇于顺从父母的旨意。伯奇,古代孝子,周宣王大臣尹吉甫之子。南宋人郭茂倩编《乐府诗集》卷五十七:"《琴操》曰:《履霜操》,尹吉甫之子伯奇所作也。伯奇无罪,为后母谗见逐,乃集芰荷以为衣,采楟花以为食。晨朝履霜,自伤见放,于是援琴鼓之而作此操。曲终,投河而死。"

贱忧戚，庸玉汝于成也^㉕。存，吾顺事；没，吾宁也^㉖。

东铭^㉗

　　戏言出于思也，戏动作于谋也^㉘。发乎声，见乎四支，谓非己心，不明也^㉙。欲人无己疑^㉚，不能也。过言非心也，过动非诚也^㉛。失

注释

　　㉕"富贵福泽"四句：对上文所举各种尽孝道的例子进行总结，意为如果能以最基本的"孝"来体现仁心，无论由此而得的是富贵还是贫贱，只要人能恰当地对待，它们都是帮助人实现自身价值的条件。泽，恩泽。厚吾之生：使我的生命丰盈。庸，常。玉汝于成：成全你，使你成功。玉，此有"爱护"之意。

　　㉖"存，吾顺事"二句：无论是生存还是死亡，我都要以平和安宁的心态来对待。此二句以生死之大事归结全篇，也与开头的乾坤父母对应。存，生存。顺事：顺从天地之事。没，通"殁"，死亡。在顺化感通中臻达生命的安宁，超越了对死亡的恐惧。海德格尔则说死亡是保住人的本质的最后一招。

　　㉗《东铭》：为《正蒙·乾称》篇的结尾部分，张载将其录于学堂双牖的左侧，题为《砭愚》，后来北宋程颐将《砭愚》改称为《东铭》。砭，原意是尖石，古代用作医疗工具，引申为针砭、改善。"砭愚"即针砭自迷心窍之意。主要阐述《中庸》的"诚意"思想，简言之：无妄曰诚，自成也，即自己成全自己。

　　㉘"戏言"二句：平时戏谑的话语和举动都是根源于心中的思虑。

　　㉙"发乎声"四句：若已经由声音和动作体现出来了，还说自己不是故意的，这就是糊涂。乎，一作"于"。支，通"肢"。

　　㉚无己疑：不怀疑自己。

　　㉛"过言"二句：错误的言论和行为不是人的正直心性中所应有的。诚，本心。

于声，缪迷其四体，谓己当然，自诬也^㉜。欲他人己从^㉝，诬人也。或者以出于心者，归咎为己戏^㉞。失于思者，自诬为己诚^㉟。不知戒其出汝者，归咎其不出汝者^㊱。长傲且遂非，不知孰甚焉^㊲！

注释

㉜ "失于声"四句：如果在言语上有过失，在行为上产生混乱，却说自己本该如此，就是自己歪曲本心。缪，纰缪，产生差错。

㉝ 欲他人己从：想让别人信服顺从自己。

㉞ "或者以"二句：有人认为自己的言论举动虽然是出于本心，但却只不过是随意开玩笑而已。意为对所犯错误并不在意。归咎：为所犯错误找借口。

㉟ "失于思"二句：认为犯错误是因为欠考虑，自我掩饰说自己的本心还是真诚正直的。

㊱ "不知"二句：不懂得反省自己有意为之的言论举动却归罪于所谓"不是本心"的随意戏耍。

㊲ "长傲"二句：一天天助长骄傲的习气、迁就自己的错误，没有比这更不明智的了。长，助长，增长。遂，因循，顺着。知，通"智"。

《传习录》

【题解】

王守仁（1472—1529），字伯安，因曾隐居于会稽山阳明洞，后来又创办过阳明书院，世称阳明先生。他是浙江余姚人，28 岁中进士，当过知县，以及刑部、兵部、吏部主事和南京兵部尚书，因平定宁王叛乱被封为新建伯。但让他名垂青史的是他的心学。《传习录》是他的语录和论学书信汇编，包含了其主要哲学思想："心即理""致良知""知行合一"。上卷经王阳明本人审阅，中卷里的书信是王阳明亲笔书写的，下卷虽未经本人审阅，但绝对可靠地记录了他最后也是最成熟的思想，本篇就选自下卷，核心是他的"四句教"。

孔学在汉代变成了儒术，在宋代变成了理学，阳明心学的主要工作就是要恢复孔学之仁学的本质，把它从学科化的状态中解救出来，恢复其彻里彻外的身心之学的特质，从而确立其生活宗教的地位，意在把道德教化贯彻到百姓日用之中。阳明的良知之道就是将"仁"变成大全之道，将孔学变成弥漫天地间的文化正气。他因此鲜明地否定朱熹析心物为二、道器为二、知行歧出的"支离"学风（"外心以求理，此知行之所以二也。求理于吾心，此圣门知行合一之教"）。王阳明倡导知行合一致良知的理据是：心即理。《传习录·卷上》说："此心无私欲之蔽即是天理，不须外面添一分。"又说："至善只是此心纯乎天理之极便是，更于事物上怎生求？"他一生反复念叨的主题词就是：心是人的主宰、心之本是良知。他说："所谓致知格物者，致吾心之良知于事事物物也。吾心之良知即所谓天理也。致吾心良知之天理于事事物物，则事事物物皆得其理矣。"心学想将世界聚焦于我心，遂将所有的问题变成一个问题，任何一个问题也就是所有的问题："于此便见一节之知，即全体之知；全体之知，即一节之知：总是一个本体。"这叫破除了二元论，返回了道本体。但他又坚决反对良知现成说，特别讲究心学实功，黄宗羲对此总结得最简捷：盈天地皆心，心无本体，功夫所至，即是本体。这个功夫就是"明明德"的功夫：以诚意、自信我心为本要的修养方法，把为善去恶的思想改造变成日常的自然行为——这也就自然而然地把道德修养准宗教化了。

王阳明的"致良知"不是一个研究纲领，而是一个以人为出发点和目的的构造纲领。它想根本改变人与世界的关系，通过提高人的精神能力来改变整个感官环境，改变生活中必须面对的问题。尽管只能改变面对问题的态度，这也算从所谓不以人的意志为转移的客观世界中"捞"回了一点人性，当然只是近乎审美法的捞回。阳明的办法是突出精神的能动性和成就感，把生活变成一种人在提高自身的创化的过程，没有这种提高，人生便丧失了一切意义与价值。阳明心学极形而上又极实用，既神秘又实际，能内向之极又外化之极，真诚至极又机变至极，高度恪守道德又相当心智自由。所谓的知行合一致良知就是要求：人应该以自己的全部机能，不仅以理智，更需要以意志和直觉的努力，能动地追求更高的精神水平，如此才能拥有生活的真正意义与价值。

天泉证道记

先生锻炼人处，一言之下，感人最深。一日，王汝止^①出游归，先生问曰："游何见？"对曰："见满街人都是圣人。"先生曰："你看满街人是圣人，满街人倒看你是圣人在。"又一日，董萝石^②出游而归，见先生曰："今日见一异事。"先生曰："何异？"对曰："见满街人都是圣人。"先生曰："此亦常事耳，何足为异？"盖汝止圭角未融^③，萝石恍见有悟，故问同答异，皆反其言而进之。洪^④与黄正之、

注释

① 王汝止：即王艮（1483—1540），本名银，号心斋。艮名及汝止字，均为王阳明所改，取《易·艮卦》"道止于至善"之意。他是明南直隶泰州安丰场（今江苏东台市安丰镇）人，本为灶工（盐工），38岁后不远千里，趋舟江西，师从王阳明学习，后以布衣传道，终身不仕。

② 董萝石：即董澐，字复宗，号萝石，晚号从吾道人，浙江海盐人，明代诗人。他于1524年68岁时拜52岁的王阳明为师。

③ 圭角未融：指王艮学问尚不成熟。圭角：圭玉的棱角，代表气质浑朴而不圆融。圭：古代用作礼器的片状玉器，形制一般为上端尖锐下端平直。

④ 洪：即钱德洪（1496—1574），名宽，号绪山，浙江余姚人。早年以授徒为业。1521年，王阳明省亲归姚，钱德洪拜王阳明为师，请授"良知"之学，成为王阳明的主要教学助手。王阳明奉旨出征广西之后，他主持讲席，被称为"王学教授师"。1532年中进士后在京任职，一度因抗旨入狱。出狱后，于苏、浙、皖、赣、粤各地讲学，传播阳明学说，培养了大批王学中坚。他70岁时，始家居著述，79岁病逝。钱德洪为学注重"为善去恶"的修炼功夫，著有《绪山会语》《平濠记》《王阳明先生年谱》等，并参与《传习录》的编选发行。

张叔谦、汝中⑤丙戌⑥会试归，为先生道途中讲学，有信有不信。先生曰："你们拿一个圣人去与人讲学，人见圣人来，都怕走了，如何讲得行。须做得个愚夫愚妇，方可与人讲学。"洪又言："今日要见人品高下最易。"先生曰："何以见之？"对曰："先生譬如泰山在前，有不知仰者，须是无目人。"先生曰："泰山不如平地大，平地有何可见？"先生一言剪裁，剖破终年为外好高⑦之病，在座者莫不悚惧。

癸未⑧春，邹谦之⑨来越问学，居数日，先生送别于浮峰。是夕与希渊⑩诸友移舟宿延寿寺。秉烛夜坐，先生慨怅不已。曰："江涛烟柳，故人倏在百里外矣！"一友问曰："先生何念谦之之深也？"

注释

⑤ 黄正之、张叔谦、汝中：皆为王阳明学生。"汝中"是王畿的字，详见后注。

⑥ 丙戌：指嘉靖五年（1526）。

⑦ 为外好高：舍本逐末，好高骛远。

⑧ 癸未：嘉靖二年（1523）。

⑨ 邹谦之：邹守益（1491—1562），字谦之，号东廓，江西安福人，理学家。正德六年（1511）参加会试，被考官王阳明拔为第一（会元）。正德十三年（1518）前往赣州谒见王阳明，拜其为师并开始在赣州讲学。嘉靖二年（1523）又在浙江会见了王阳明，相论问学一个多月。嘉靖五年（1526）与在江西安福的王门弟子联系建立讲会"惜阴会"，为江右王学的确立奠定了基础。嘉靖七年（1528）王阳明去世后，在杭州建立天真书院，集同仁讲学，成为王学最有力的继承者。他的著作有《东廓文集》《诗集》《学脉遗集》等。

⑩ 希渊：即蔡宗兖，字希渊，浙江山阴（今绍兴）人，王阳明学生，曾任江西白鹿洞书院院主。

先生曰："曾子^⑪所谓以能问于不能，以多问于寡，有若无，实若虚，犯而不校^⑫，若谦之者，良近之矣！"

丁亥年九月，先生起复征思、田^⑬，将命行时，德洪与汝中^⑭论学。汝中举先生教言，曰："无善无恶是心之体，有善有恶是意之

注释

⑪ 曾子：即曾参，字子舆，春秋末年鲁国南武城（今山东嘉祥县）人，孔子的学生。

⑫ "以能问于不能"五句：见于《论语·泰伯》："曾子曰：'以能问于不能，以多问于寡，有若无，实若虚，犯而不校，昔者吾友，尝从事于斯矣？'"是曾参对颜渊的称赞。

⑬ 先生起复征思、田：指正在丁父忧的王阳明于嘉靖六年（1527）接受朝廷命令前往两广平定思州、田州之乱。平乱不久（1528）王阳明就病逝了。

⑭ 汝中：王畿（1498—1583），字汝中，号龙溪，浙江山阴（今绍兴）人。明代思想家，王阳明最赏识的弟子之一，阳明学派主要成员。年轻时豪迈不羁。嘉靖二年（1523），因试礼部进士不第，返乡受业于王阳明，协助其指导后学，时有"教授师"之称。嘉靖十三年（1534）中进士，官至南京兵部主事，因其学术思想为当时首辅夏言所恶而被黜。罢官后，来往江、浙、闽、越等地讲学四十余年。其思想以"四无"为核心，认为心、意、知、物只是一事，若悟得心是无善无恶之心，则意、知、物皆无善无恶。黄宗羲认为其学说近于释老，使王守仁之学渐失其传。其著述和谈话，后人辑为《王龙溪先生全集》二十二卷。

动。知善知恶是良知，为善去恶是格物⑮。"德洪曰："此意如何？"汝中曰："此恐未是究竟话头。若说心体是无善无恶，意亦是无善无恶的意，知亦是无善无恶的知，物是无善无恶的物矣。若说意有善恶，毕竟心体还有善恶在⑯。"德洪曰："心体是天命之性，原是无

注 释

⑮"无善无恶是心之体"四句：这一无，不是虚无之无，而是无具体之物之无，是一无具体之物的"有"，此"有"无具体物与其相对；而所谓有，不是有具体之物，而是有生生不息之仁这一至善。这一至善不为具体物、事所障、所蔽，而且周流无碍，如太虚无形，因其无形所以没有事物可以蔽障它。这有一至善之"无"，是一圆融，是一周流不息，是心体超越于具体物的缘缘相生的"有"之上，这一无具体物的至善心体，以其圆融周流无碍之"无"，所以是能够知善知恶的良知，当它支配着去做为善去恶的功夫时叫作"格物"。和具体的事情相接触就"有善有恶"了，这只是"意之动"。

⑯"若说"六句：王畿的推论是：若言心体是"无善无恶"，则意念也应是无善无恶。如果说有善有恶是意之动，那就是说意有善恶了，承认意有善恶，那么心体也就有善恶了！显然王畿是从意念源于无善无恶心体这一角度来强调意、知、物皆是无善无恶的。王畿的立场和方法都是坚持体用一源、体用不二的。他后来写了一篇《天泉证道记》说得更明彻了：体用显微，只是一机。心意知物，只是一事。若悟得心是无善无恶之心，意是无善无恶之意，知是无善无恶之知，物是无善无恶之物。盖无心之心则藏密，无意之意则应圆，无知之知则体寂，无物之物则用神。天命之性，粹然至善，神感神应，其机自不容已，无善可名。恶固本无，善亦不可得而有也。是谓无善无恶。若有善有恶，则意动于物，非自然之流行，着于有矣。自性流行者，动而无动；着于有者，动而动也。意是心之所发，若是有善有恶之意，则知与物一齐，皆有，心亦不可谓之无矣。(《王龙溪全集》卷一)

善无恶的。但人有习心^⑰。意念上见有善恶在，格、致、诚、正、修，此正是复那性体功夫。若原无善恶，功夫亦不消说矣^⑱。"是夕侍坐天泉桥，各举请正。

先生曰："我今将行，正要你们来讲破此意。二君之见，正好相资为用，不可各执一边^⑲。我这里接人，原有此二种，利根之人，直从本原上悟入，人心本体原是明莹无滞的，原是个未发之中^⑳；利根之人一悟本体即是功夫，人己内外一齐俱透了^㉑。其次不免有习心在，本体受蔽，故且教在意念上实落为善、去恶，功夫熟后，渣滓去得尽时，本体亦明尽了^㉒。汝中之见，是我这里接利根人的；德洪之

注释

⑰ 习心：即孟子所谓心放在外、未收在自家腔子里的意思。心放在外则为物所蔽，受物所牵，物物缘缘相牵，心驰荡于外而未有己之内在中正不移之本为其主宰，则此心所发之意念，非是源于"无善无恶心之体"，而是源于心所受物之所牵，也即源于具体的物与事。

⑱ "意念上"五句：在钱德洪的思想中，善恶是与意念相关的，而与心体无关。做功夫就是用良知去格物、为善去恶，恢复心体那天命之性。

⑲ "二君"三句：你俩的意见要互相补充，不要各执己见。

⑳ "人心本体"二句：心之未发，是说心尚未与具体事物发生关联，这一未发、未被具体物事所蔽之心体，乃钱德洪所言的天命之性，而天命之性则是生生不息之仁，是周流无碍之明觉。未发是与具体物、事无牵涉，故其无善无恶；未发而又"中"之"中"，是"天下之大本"的那个中庸。参见作为《四书》之一的《中庸》，中庸是至善。

㉑ "利根之人"两句：所谓"一起"即意、知、物，"透了"就是直觉到意、知、物即心体，本体即功夫都是仁之心体周流不息。"一悟"相当于禅宗之慧能的顿悟。

㉒ "其次"六句：这几句说的是渐修功夫，时时勤拂拭，露出明镜来。

见，是我这里为其次立法的。二君相取为用，则中人上下皆可引入于道㉓。若各执一边，眼前便有失人，便于道体各有未尽。"

既而曰："以后与朋友讲学，切不可失了我的宗旨。无善无恶是心之体㉔，有善有恶是意之动，知善知恶是良知，为善去恶是格物，只依我这话头随人指点，自没病痛，此原是彻上彻下功夫。利根之人，世亦难遇，本体功夫，一悟尽透，此颜子㉕、明道㉖所不敢承当，岂可轻易望人。人有习心，不教他在良知上实用为善、去恶功夫㉗。只去悬空想个本体，一切事为俱不着实，不过养成一个虚寂，此个病痛不是小小，不可不早说破。"

是日德洪、汝中俱有省。

注释

㉓ "汝中之见"六句：阳明虽对二人皆予以首肯，但提出了上根与上根之次的分别，在功夫上主张汝中要走德洪之路。

㉔ 无善无恶是心之体：无善无恶之心体是人明辨具体善恶之所以可能的根基。王阳明的本意是说，作为人心本体的至善是超经验界的，它不是具体的善的行为。人心的至善超越世间具体的善恶。具体的善行只是无善而至善之心的自然发用流行。王阳明说人心之无善恶是要人们不要去执着具体的善行而认识本心。

㉕ 颜子：指颜渊。

㉖ 明道：宋代理学家、教育家程颢（1032—1085），字伯淳，人称明道先生，洛阳人。与程颐为同胞兄弟，世称"二程"。二人开创"洛学"，奠定了理学的基础，对后世影响深远。其著述后人辑录为《河南二程遗书》。

㉗ "人有习心"二句：这里强调从意念善恶入手，故能知意念之善恶，从而去恶存善，涵养心体。儒家之学乃源于仁心的功夫之学，离开功夫而言儒家之学者，就不免流于禅学。

第四辑　评论及理论

豪放的忧伤
——刘郎的心路与道路

柏拉图说，一切认识只有作为再认识才叫认识。当刘郎在 20 世纪 80 年代推出电视文化艺术片《梦界》和《西藏的诱惑》时，大家赞赏他出手不凡的功力，也有批评他迷恋玄虚倾向的。十几年下来，他一直沿着自己的个性无怨无悔地闯荡过来，终于以《苏园六纪》获得了大江南北的瞩目，获得了业内人士对他和他的电视艺术再认识的极大兴趣。蓦然回首，那人居然成为 21 世纪中国电视界的一个独特现象——电影学院的黄式宪教授称之为"刘郎现象"，这是一个不褒也不贬的断语。

大的小诗人与小的大诗人

当一个诗人遇上一个反诗的时代，就出现了"娜拉式"的问题：要么饿死，要么回来。刘郎既没饿死，也没回来推敲平仄，反而走出了一条用电视来写诗的道路。自幼的田园生活、意识形态的教化，使刘郎成为一个用骨头作诗的诗人。一个心学化的将一切知识化的东西统一到直觉的诗人，至于他曾尝试过文学创作、书法、绘画、填词作曲等，倒只是现象而已。从骨子里说，他是个萨伊德所说的——以艺术为业的文化人（萨氏的知识分子定义）。无论他过去作为"文学青年"，还是现在作为电视手艺人（刘郎给自己的命名），他都是以艺术为业型的，而不是以政治或商业为业型的文化人。但是他偏偏能在政治管理下的商业化的电视中作出诗来，这是他的小幸，也是电视业的大幸。今天，就大众文化生态环境而言，写诗基本上成了"小众传播"，要想发出声音，还要尽量大的话，就得寻找新的文体和载体，当今的扬声器功率最高的非电视莫属。刘郎以农民的执拗、侠客的身手，在漂泊的生涯中抓住了频闪的荧屏，在沦入边缘的诗人行列中率先"换笔"，开始他用电视作诗的探索之路。二十年的时间不长也不短，无论成败，对于一个人来说，够了。那么，刘郎呢，简括地说，他成了一个大的小诗人，同时也是一个小的大诗人。

从传统的谱系和标准说，他是个小诗人。他的作品无法与任何时代的高标相比，无法企及诗坛李杜、词坛苏辛，甚至也不能与贺敬之、郭小川及舒婷、北岛相提并论。在这个"大"中，他是个小诗人。但是，因为电视新，刘郎占了先机，用电视来写诗，是诗歌史上划时代的大发展，这就显出了刘郎的"大"。电视是大众传媒，是文学谱系中的小字辈，其艺术功能、艺术身份还在模糊状态中，在这个"小天地"中，刘郎更是大诗人，因为他无怨无悔的二十年如一日的用电视写诗，且写得有声有色，写得酣畅淋漓，写出刘郎的生命情怀。电视荧屏没有匡削他的艺术感觉，而是将他的艺术功力连本带利地兑现出来。刘郎用他的艺术片证明：电视虽然是资本文化势力的象征，但它并不必然是反诗的，它完全可以成为真诗人的翅膀。刘郎在传统的艺术阶梯中是个"另类"，在电视行当中也是个"另类"，然却刀走偏锋而合了时宜，成了"文之时者"（仿用"圣之时者"），他因此在中国电视艺术的走廊中占有抢眼的地位。

他用电视写诗与那些用电视画面给诗歌配上衣裳的"电视诗歌"不同，那种诗在没有电视之前或脱离了电视之后照样流传。而刘郎是在用电视作诗，电视和诗都是本体性的，是电视思维与诗性思维的融合互动。刘郎素以解说词称雄文坛影视界，但他的解说词若作为纯文本读就比边看边听时逊色了一半，这说明了什么？说明了他的解说词是一种视听语言，是电视艺术肌体中的有机组成部分，从《梦界》到《苏园六纪》都是如此。刘郎的用电视作诗恰如古代园林艺术之"运石为笔""水底凿井"，是诗意与图像合二为一的。诗意如水底的井，人们看到的是水的画面，但支持水的是诗意之井。

再具体地说，刘郎是用电视来作"咏物诗"的，这也是电视艺术的属性决定的。不能用电视作纯粹的抒情诗，因为电视是天下公器，不是任何个人浅斟低唱的工具。作咏物诗就有了与公众交流的客体，但又不是电视大学在上课，也不是"看图说话"的提示语，也不是在写"绣像小说"；"像"是孤立的符号，没有"像"，小说照样自顾自地往下发展。读者也可以不看"像"，甚至不相信那个"像"。刘郎的"咏物诗"是诗情画意合二为一、水乳交融的，是视听语言与文学语言互相生发的。如《溯》，当唱到"月儿也曾缺，月儿也曾圆"的时候，在画面上只用了一个月亮，充分叠用的是秦汉瓦当：瓦当是圆的，而且有圆有缺，最后落到不停旋转的水车上。"看月亮看了多少年，看太阳看了多少年"的歌词及配的相关画面则是在发掘表现"秦时明月汉时关"的意蕴，要张扬西出阳关的横渡苍茫之感。刘郎说："有人认为，秦汉雄风不好弄，其实也就是那些秦砖汉瓦，充其量加上兵马俑。我们却要说，如果电视只能记录一下博物馆，那还要电视的声光电何为？"刘郎的个性和电视的特性"规定"他写咏物诗的特点在于：既是又非是。最怕图解还得切题，是在寻找微言大义但又不能流于宣教和谈玄，真真施展的是作者的艺术感觉及这种感觉的穿透力和厚重感。譬如，他将巨大的文史感浓缩于《手掌》："手背上是昆仑／手心里有江河的浪／还有一条那就是长城的墙，走遍了天涯你总会想念家乡／手掌就是一张相思的网"。歌词与画面相互呼应，高度抽象又高度具体。刘郎的电视艺术片、文化片，是种就事实说真实的艺术。具象的东西是事实，但这个事实若仅仅停留在就事说事的层次上，那就是简单的经验形态的史学记录。若能就事实说出"通性的真实"，就产生了"诗比历史更真实"的那种真实。足以觇人情而征人心的真实，说明人间性的真实，再往具体说就是信息量加人情味的真实，这将成为电视艺术学学科成立的依据。

修炼禅宗的雍正自号圆明居士，他在《圆明百问》说："会丝为绳，以哪一丝为体？聚毫为笔，以哪一毫为用？"引用这句话是为刘郎"抗辩"。有人说他的艺术片不符合流行的电视规则。其实，电视规则也不是天生的，是被人"玩"出来的，大可不必画地为牢，将一部分人的游戏规则说成"天条"。再过多少年刘郎这一套成了规则，又会有新的电视艺术文体来"突破"。但愿那时不会还有人出来说刘郎这个反而是"天条"了。窃以为电视只是个载体，是个空筐，理论上它能够运载任何可以用语言表达的东西。说刘郎的《苏园六纪》是艺术片也好，是文化片也好，它都是电视作品。电视的功能参与了它的形成也运载它加入了信息高速公路的传播。电视的功能对于刘郎的情思与艺术风格来说是"会丝为绳""聚毫为笔"的关系，是互为体用的关系。作为电视艺术片，它们不是印刷品，因此电视是"体"；但又不是电视政论或电视剧，而且就是在艺术片中它是刘郎风骨的"拓片"，而不是别的艺术家的作品，从这个意义上说，刘郎的思想和感悟、刘郎的情思和风骨又是"体"。

这些都是经院式的"穷讲究"。"检验真理的唯一标准是实践"，刘郎终于成功了。刘郎成了电视艺术这个"园林"中的大诗人，因为他吟唱的是这样"风风雅雅"，从西域的"大风歌"一路唱到桃花扇底的江南"余韵"。要"照着"传统风骚来讲，他是个小诗人；但是，他更多的是"接着"中国的传统风骚来讲，用的是当今独领风骚的电视这支笔，成了当年凡有井水处即能歌柳词的柳永式的大诗人。凡有电视处即能听刘郎的咏唱。

"入乎其内，故有生气。出乎其外，故有高致。"

唐诗过后是宋词，宋词过后是元曲，元曲过后是新诗，新诗过后是电视解说词。可谓一代有一代之学、一代有一代之曲。"通权达变"本是孔学精髓、道家奥秘，也是中华文化成为没有断裂的文明的内在"道理"。"诗三百"中有变风、变雅，唐诗、宋词、元曲也是一路变过来的。今天，刘郎的出现，刘郎独具风采的解说词的出现是事有必然。刘郎充当了这个"变体"的一个代表，是他独特的心理结构、精神特质、艺术积累与这个电视的时代"遇合"的结果。这个农民的儿子，这个尝试过各种诗体写作但没有成为诗人的诗人，当他能够用电视来发言抒情时，他受马斯洛说的"类似本

能"（像本能一样的精神需求和反应）的驱动，没有走上追求利润的
路，而是走上了寻找精神家园的"追寻"之路。到目前为止，他的
电视片无论什么题材都流淌着"追寻"这一精神元素或者主题：《西
藏的诱惑》是在追寻精神极地的大元境界；《苏园六纪》是在追寻隐
逸文化的艺术品质。就说他的解说词吧，不仅是"领导"镜头的导
演，更是赋予画面含义别致的精神解释学、意义诠释学。不管篇幅
长短，都有一种巨大的"递进力"，感人的思想力量引导你脱俗谛之
桎梏，获得精神的洗礼和飞扬。

引述解说词太繁，引几句《上下五千年》的序歌《大风》便可
以概见其"风骨"：

大宇宙造就了大明大暗，
大昆仑发祥了大江大河，
大人物经得住大悲大喜，
大事业总要有大起大落。

文采风骚，从来靠的是大手笔，
金戈铁马，总会唱起大风歌。

这种勃勃大气，绝不是一个整天打小算盘的人能够想象得出
的，个中有燕赵故园赋予他的慷慨。

然而他毕竟又是个文人，虽写出的是"实现者的歌"，但他的
豪放当中"命定"了文学气质的忧伤。就在他的"大风歌"系列中
依然流淌着高贵的忧伤。没有这些许忧伤，他制作的片子会成为宣

传说教片、风光片，那就会只能流行一时而不会传之久远。现在重看他之前的作品，依然让人感动，酣畅淋漓，入心入脑。粗励浑茫的"俗"胜过他制作的《苏园六纪》的"雅"。因为这"雅"中的豪放与忧伤都稀薄了，几乎变成了在讲述别人的故事。而那豪迈来自一种文化宗教的品格，那忧伤来自他那艺术家的气质。他给自己的书宅起名"问天楼"，他在《西藏的诱惑》前有一部不太出名的电视作品《不能消失的颜色》，其中这样的句子让我怦然心动："我自感我的追寻有些伤感的色彩，为了追寻希望，我走过黄土高原，我走过沙塬朔漠。"这是在"咏物"也是在"言志"。这"问天"的忧伤、追寻希望的"坚持"，使他无论作任何题材的电视片都自觉充当"社会的良心、人类的理性"，都在为养育当代人的精神元气而工作。无论是审视民俗（《彩虹的故乡》）、审视精神（《梦界》《西藏的诱惑》）、审视学术（《上下五千年》），还是审视经济（《傻子沉浮录》）、审视文化（《苏园六纪》），他都在寻找"做人的悟性"，寻找大至中华民族、中至一个艺术行当、小至一个人的"精神支柱"，这在商品经济的大潮中自然就成了"孤独的吟唱"。

忧伤，使他"入"，能够感应所咏之物的生命，体悟物性、人性相通的幽幽微微；豪放，使他能"出"，能够上下五千年的纵横捭阖，穿透物性、人性的隔隔膜膜。忧伤是一种隐逸情怀，是一种超越的哲思，是能够明志的淡泊、能够致远的宁静；豪放是一种斗士心志，是一种进取的意志，是能够造境的心力、能够人化自然的自由人的本质力量。美学的最高境界是悲剧、喜剧的交融，人生的境界又何尝不是如此———孤阳则贲，孤阴则黯。正是这种"二重组合"的心理结构，使他充满张力的不断"变法"又万变不离其宗的实现着他那"从描摹走向表现，从写实走向浑化"（《风骚·再造它蛮荒悲壮之美》）的"境界"追求。刘郎作品的好处一言以蔽之：就是有境界，王国维《人间词话》语义中的"境界"。这种境界说到底是人生境界、做人的境界。

他的《梦界》《西藏的诱惑》等电视艺术片是在追寻超验世界的精神震撼，是刘郎的宗教气质与艺术气质的一次"井喷"。刘郎在《再造它蛮荒悲壮之美》中说："我眼睛里的西藏的精魂应该是'境界'二字，因为它最能比出'物欲横流'的龌龊，最能显出西藏这片净土的超拔。"《西藏的诱惑》的作者题记就是："西藏的诱惑，不仅因为它的历史，它的地理，更因为，西藏，是一种境界。"这个境界是且悲且壮的，而且是无悲不成壮、无壮不成悲的。因为作为全片支点的四对僧侣、艺术家既是有我又是无我的，正是一种"尚情无我"的对超验价值的勇猛精进，使他们唤醒观众读者的良知心力，对全片的题义："忏悔是灵魂的洗浴，省悟是血肉的再生"产生心酸眼亮的共鸣、"掩卷"之后涵泳再三的认同。刘郎艺术片的境界是对事实世界的价值再造，是对现实画面的意义阐释，是对存在的哲学探询，是诗与画的"打通"，是情与景的沟通，是今人与古人、凡人与神人的对话，是我们芸芸众生面对崇高境界的忏悔、省悟和精神的再生。

《上下五千年》的主题依我看就是"寻根与发现"：且追寻且"广告"那风骚神韵，意在再生风骚精神。中华的文学艺术不逊于人，它们是我泱泱大国的精魂。当代电视不"广告"这些国风民魂好意思吗？然而正面作战者微刘郎乎《上下五千年》大型组片给刘郎裁水分山的"造境"美学提出了挑战也提供了机遇。他一律用

"以小见大"的公羊学的微言大义法，用毛笔、石头、泥土、流沙来探询和表现中国人的文化艺术的精神与魅力，用刘郎风骨来表现中国风骚，绝对须"做学问"，不但在知识层面须全幅在胸，更要在思想层面境界全出。用龚自珍的话说就是须天下山川形势、人心风气、言礼言兵言掌故言文体"皆如其言家事，可为入矣"。就是说要钻入描写对象，揣摩到家，烂熟于心，如数家珍，才能心随物以宛转，达到"以物观物"的画面化的表现。要境界全出，还须超乎这些之上，"肃然踞坐，盼睐而指点焉，可谓出矣。"龚自珍的结论是：不善入者，非实录，必有余呓；不善出者，必无高情至论，必有余喘（《尊史篇》）。《上下五千年》既无余呓亦无余喘，只是没有卖点，不能像《苏园六纪》这样行销大江南北（这倒是电视这个资本文化的规则）。然而，《上下五千年》及其音乐浓缩版的《溯》毫无疑问是一部形象的中国文化史、一部传神的中华精英的心灵史。这部唱给当代人的历史之歌，还能搔着浮嚣的工商社会中人的痒处的还就是那且悲且壮的豪放的忧伤。

刘郎说："我们这一代区别于上一代的标志之一，恰在写境与造境上。看一位电视艺术家能否造境，不仅看对每一个画面、每一个章节的营造，而且要看他对每一个题材的整体创造意识。""表现与浑化，都有助于境界意蕴的揭示"（《再造它蛮荒悲壮之美》）。刘郎在这里正好反用了王国维的写境与造境。王国维说的"写境"是"有我之境"，指的是以我观物的理想派；"造境"是"无我之境"，指的是以物观物的写实派。若将王国维和刘郎的写境造境说的语义加以重叠，正揭示了审美主客关系、文学与电视的关系、创造个性与艺术表现之间的"参同契"的真谛。

始知真放本精微

一位外国诗人说："所有的火焰都有着热情，而光芒却是孤独的。"北京广播学院的高鑫老师曾用"刘郎风骨"提示我们走进刘郎的艺术世界。"风骨"二字使我很自然地想到"建安风骨""魏晋风流"。"建安风骨"的核心是"慷慨以任气，磊落以使才"。简约地说就是豪放。"魏晋风流"的核心则是忧伤（生命自觉的"人的主题"、个性化的艺术追求等，外国还有用风流概括中国美学精神的）。作为一个从燕赵流落到西域又滑翔到江南的流浪艺人，刘郎是在追逐"麦穗的光芒"，他既是麦田的守望者，又想当风骚的传人、喝千年陈酒的小酒人（刘郎有《千年陈酒》一篇），于是我判断所谓"刘郎风骨"的核心就是架空度日。

刘郎是怕白活一趟，于是不歇地追求创新，追求"时中"，追寻用艺术的方式捞住生命本真的内容，用文学来拯救电视。他的作品超越一般电视片的根本点在于，他是从生活中找生命。人，结成类后的生活以各种名义压抑、歪曲、摧残生命，许多人在生活中遗忘了生命存在、遗忘了生命本身。刘郎电视艺术片的感人之处在于，无论他面对的是什么题材，他都能拨开生活表象，去拎取生命力的凝聚点，生命在层层重压下的闪烁聚光点。如《溯》中的开篇那凿山的手掌及其飞扬的气势，让我们感到历史只是人性的展开。不管历史过去几千年还是就在眼前，不管电视片中的人、看电视的人干的是什么事情，人与人相通于人性，揭示出人性的含义是艺术存在的根本依据，这也该是电视艺术的根本依据。可真在电视这个行当

"扎营寨，打死仗"的能有几人？来"玩"电视者多，来"救命"者少，用酸词说就是逍遥者多拯救者少。刘郎能不且悲且壮，用豪迈来不在乎一些东西又用忧伤来在乎一些东西吗？总括起来说，"刘郎风骨"就是：怕死——又在乎又不在乎。因在乎而忧伤是佛教中说的"慈观悲观"，因不在乎而豪放是佛教中说的"空观"。

对于刘郎的电视文化片来说，豪放生"史识"，忧伤生"诗心"。史识、诗心使得刘郎出手就是物我两会、情景交融一派的。电视这个纪实的媒介使主观之诗人刘郎也得来作"咏物诗"。说句题外话，孟子说："《诗》亡而后《春秋》作"，似乎艺术在历史发展顺序上先于史学，远古人应该是先有诗心而后有史识的。语言的隐喻性决定了历史学的美学色彩，这种属性规范着人类的知识，也规范着人类的感知，使人类的认识活动表现出诗意的、隐喻的、夸饰化的特征。刘郎汪洋恣肆的才华、昂扬澎湃的情致，显得他的诗心大于史识似的。其实，诗心往往是个人化的感悟，不能"邀请"别人认同，与世人沟通还得靠史识。刘郎浮出水面靠的是他的史识，即他反复申言的"积累"：生活积累、文化积累、思想积累等。这个史识，正是他敢于用电视来将"学术艺术化"（《苏园六纪》编导阐述）的本钱。

从《大风歌》转到《苏园六纪》上来，对刘郎是一次外在看很危险、内在看很平顺的跳跃。他对《桃花扇》早就有过情意痴迷的揣摩，他的"风骚六部"（即《上下五千年》）贯穿着一双"余韵"的眼。比如《兴亡》一集，没有一句套用《桃花扇》的成句，但总让我想到《桃花扇》那高远的忧伤、史识诗心的"余韵"。小而言之，如"朵朵菊花，该是梨园巨匠，阵阵秋风，该是曲曲声腔。声腔曲曲今犹在，何人能续《锁麟囊》？"从句式到韵致混到《桃花扇》中也不显得"外道"罢？因为刘郎本身何尝不是传统文化的"余韵"？何尝不是借离合之情写兴亡之感？他不是一直在用电视这个媒介贩卖古典的风骚吗？走到《苏园六纪》貌似偶然其实必然，或可用恩格斯的话说，偶然是必然的反映。他的豪放使他超乎苏州人的感悟方式之上，他的忧伤本是《湖心亭看雪》那种冷峭的忧伤，一如园林是古典文化的结晶一样，这种格调的忧伤也是中国特色的人文知识分子身在江湖、心存魏阙的内心忧郁的徽章。刘郎从"苏园"中一把拎出个"隐逸文化"，正是这种忧伤的开花结果。任何遇合都是期待的"后果"，所谓的不幸都带有期待没有后果的成分，所谓的幸运正是后果终于"有了"。刘郎是个"摩登原始人"，而且是漫天飘雪的柔情和万水千山的刚毅叠加得无怨无悔的"摩登原始人"。摩登在他看来是个"作坊主"，能够而且必须用电视作坊来工作，本质上没有私语的抒情诗人的自由；原始在他不随波逐流，坚守本真的生命思考。对"被遗忘的存在"极为敏感，这也是我说他怕死的原因之一。他要打捞那些"在"的碎片，这是《苏园六纪》俗不掩雅的地方，如果没有这一点情思，《苏园六纪》会成为另一类文化快餐，与生猛海鲜构成调剂的江南小吃，令本土的美食家们啧啧称赞：这国粹还是好啊。好在刘郎能够变风变雅，在俗得差不多的地方雅一下，在雅得让没有"余韵"情结的人觉得累的时候就俗一把，这"风风雅雅"透露着作坊主刘郎那"细细微微"的精明。潇洒飘逸旷达的苏东坡深有体会地说："始知真放本精微。"苏东坡和刘郎们的豪放精微暗合了"无极而太极"的大道。冯友兰曾说，这个无极而太极的"而"字是中国文化的奥秘。也有人说钱锺书皇皇巨著所贯彻的基本哲学就是"一与不一"，还是个"而"字。刘郎之豪放而忧伤，刘郎之豪放而精微乃艺道乎？

刘郎既有《花儿与少年》弄红牙檀板，也有《羯鼓谣》奏铁板铜琶。从《西藏的诱惑》到《苏园六纪》只是这种阴阳"两赋"的延伸、放大。刘郎的解说词也是"两赋"的新体诗，总体上有着"温馨的穿透力"，高贵、地道，将古汉语与现代汉语的表达能力结合到了一个新的高度。刘郎是个极富有语体想象力的豪放而精微的作家，没有小家子气。有时省笔用得一以当十，有时铺排得气势尽出，最妙的是张扬与内敛拧成一笔画出。最能给人留下深刻印象的是他生造的叠字，还有错落排比的方法，以及元曲的"衬字"技巧，既有诗的雄浑、词的尖新，也有曲的酣畅，将汉字的隐喻功能与电视画面的呈现能力挖掘使用得让人叹为观止。

"刘郎现象"的核心应该是：用电视写诗、用电视当思想家，行不行？该不该？刘郎的实践证明这是完全能够行得通的。至于该不该，本来不是问题，从文学、电视、人性三者的关系而言，它天理应当"参同契"。但要是未能行得通，注重"实用"（即实惠）的人们就要说它不应该了。现在，刘郎走出了这样一条路，尽管还不够"高大全"，但总是实证了。至于他的作品还有点"单条半假董其昌"的得意与不踏实，这大约不是刘郎功力不够，而是现在的电视运作机制乃至受众的需求市场带给他的"暗示"吧。

最后引用刘郎的几句解说词来与刘郎共勉：

> "猎奇，属于匆匆过客；只有责任，才属于志士仁人！"
> "登山不到极顶，人生遗憾；溯流不到源头，抱恨终生。"

那哭不出来的才是这个世界的眼泪
——《有泪尽情流》的现实主义力量

文学是"心软学"。

这个心软与坚强的革命意志一点都不矛盾。不心软的坚强的意志往往是土匪或小人。叶秀山研究出尼采的超人，按儒家标准衡量就是小人。小人有许多特征，我觉得作为性格基础的就是心硬。暴力凶杀乃至一些武侠剧，都是培养"戾气"的，不是让人心软的，是让人心硬的。还有一些本是想让人心软的，却因为假乎乎的，反而没让人心软了。但是天地之间存在着文学，就是要养育人的心软，让人通过"流泪"活得更有人性一些。看了《有泪尽情流》，我想说两句话：一是电视剧终于又是文学了；二是现实主义是人民大众所喜闻乐见的主义，它不但没有过时，反而该成为大众传媒的电视剧的基本"主义"。我只有一个来自生命感觉的理由：这部剧是让人心软的。这个片子的审片会就开得别具一格，地点是在南昌，除了必不可少的审核员，大多数是五行八作的劳动者和下岗工人，审片时，个个哭得声泪俱下。这既非学院派批评也非有偿炒作的直接观感倒给它打了真实的分数。这样的电视剧如果能盖过商业气息的娱乐风、古装风，我们的电视剧就是在建设民族的良好的社会心理了。

有泪流不出

穷苦人没有悲观的权利，针对这句话，在《有泪尽情流》中有一个细节：对马小霜呵护备至的丈夫突然死于事故，所有的人无不流泪饮泣，唯一没有哭出来的是马小霜，她只说了一句话："他没穿袜子！"在文学史上有过悲极无泪的例子：《红楼梦》中，贾宝玉听说黛玉要回南边去，傻了；《雷雨》中，鲁侍萍听见周冲和四凤触电而死，一句话也说不出，别人劝她哭，她哭不出来！心理学告诉人们，哭出来的眼泪是能够冲走一些悲哀的。最让人窒息的恰恰是这哭不出来，而且"马小霜们"又不懂文学，没有长歌当哭的艺术能力，他们是沉默的大多数，谁来替他们歌哭呢？只有有良知的艺术家，只有具备了"和他们在一起"情怀的、能够感同身受他们那说不出来的悲欢、将他们那流不出来的眼泪替他们"尽情流"的作家，让我们大家跟他们一块哭哭笑笑，哭完了心软、笑完了明白。于是，文学就这样为人生了！倒过来说，没有让人心软、没有让人明白的电视剧，就不是具有审美魅力的所谓的"娱乐片"了。电视剧有着古怪的品质，就得把精微的心理感觉变成浅白的可视、可听的画面和声音，就得把很深切的哲理变成感人的故事，能够用大众传媒的手段来表现精细美的文学情怀，这是现实主义的胜利。现实主义的标准我觉得有一条最为致命：对生活细节充满感恩的心情。各种非现实主义各有各的个性，但有一个共性就是"戏耍"生活及细节。编剧倪学礼说："我始终把视角放到最低，生活怎么样，我就怎么写。因为我从内心喜欢自己笔下的人物，所以我又始终把感情扬到最高。我要做的是从形而下的生活细节里挖掘形而上的人生意蕴和人类情感，我想通过这些小人物触动读者柔软的心和善良的意志，这也正是我所理解的现实主义的本质。现实主义并不是简单地复制生活、描摹现实，而是作家借以抒写生活感悟、表达社会理想的途径和手段。"（见《对日常生活的诗意叙述》）大多数观众能够从这部剧中目睹自己的生存，并能从中获得"生存的勇气"。因为它对生活细节的表现带着深厚的人道主义同情，带着敬重生命的"爱情"，所以写世俗生活却能写得不俗气，这也是我们一向所说的现实主义的力量。常说的电视剧不够文学，主要是指其不可避免的俗气。何谓俗气？对人间真情没有感觉没有感应，只有世俗的琐碎没有琐碎中的"意思"就是俗气。骨子里的根源是没有人性的力量。所谓生存的勇气就是哭完了还得该干啥干啥。下岗女工"马小霜们"揩干了眼泪继续过自己的日子。她们没有"心软"的条件，但我们观众有条件，但是否心软，看你的良知之有无、大小。通观全剧，编剧很好地实现了自己表现普通人苦中奋进的生存意志这一创作愿望：于人间烟火中领略蓝天白云！虽然让看的人也流泪，但流完泪以后心里是暖乎乎的。原因在于编剧尊重那流不出来的眼泪，用剧中人物的台词说："人活着就是受委屈的，我受的这点委屈算啥。"我相信"沉默的大多数"能够从这部戏的镜像中目睹自己的生存，并能从中获得"生存的勇气"，还就得说这正是真善美的力量。

温情的人文精神

进一步的问题就变成：怎样把握写细节不俗气？电视剧与电影

不同，电视剧需要"吞噬"大量的细节，一个编剧写好一个细节并不难，难得的是写好全部的细节。《有泪尽情流》的编剧在细节上下足了功夫，因为这种市井细民的生活没有轰轰烈烈，没有刀光剑影，甚至也没有大是大非，就是像生活本身一样的吃喝拉撒。因为这全靠把没有滋味的日常生活变成有意味的诗意细节，就像《金瓶梅》比《水浒传》难写，《红楼梦》比《金瓶梅》的成就高一样。要想写出日常生活变成诗意的细节，这一靠作者的人文情怀，一靠作者的写作技艺。对于电视剧而言，不能进行静止的（精致的）心理描写，需要把心理物理化。这也是电视剧比小说难写的地方。我一直觉得最能体现苏东坡这位大文人的人文情怀的是他这句话：上可陪玉皇大帝，下可陪乞儿饿殍，眼见得天底下没有一个不是好人。因为他是个好人，就努力用好人的眼光看人，这是佛教说的"慈观"，只有敬畏生命的人才会慈悲为怀，"饥者歌其食，劳者歌其事"的现实主义传统关键在于"歌"。下半身写作的人们放弃了"歌"，歌需要理想、需要坚持、需要超越的情怀，这都是我上大学时学的文学概论中的常识。如今再看电视剧《有泪尽情流》及其小说《人间烟火》的时候享受到了一种久别重逢的略带伤感的温情。用马尔库塞的话说也许算是获得了"生存的缓和"。

立体的细节

《有泪尽情流》的编剧有两种本事：一是该让你哭的时候偏让你笑，该让你笑的时候老让你哭；二是对生活细节充满感恩的感觉，没有半点"耍字人"的乔模乔样。前者是悲喜交融、悲剧喜唱，后者则是传唤良知。用编剧倪学礼的话说则是："人活着，只有自己高兴了，别人才看着你高兴；只有自己好了，别人才看着你好。"（见《人间烟火》后记）可以毫不夸张地说，编剧是与剧中人一起"活"过来的，所以这是一部靠细节而不是靠情节的真实生活戏。把几乎没有事情的故事写得让人欲罢不能，全靠的是细节上的过人的功夫。这过人的功夫，一抽象就乏味，但不抽象就无法概括，而一概括就空洞——两大方面：一是真情，二是机趣。真情的来源是上述编剧的现实主义立场、人文主义立场。机趣的来源则是编剧对生活的会心和"创意的狡黠"。具体地说：一是平凡小事耐人寻味，靠的是小拐弯。"拐弯"出戏出味道。这戏和味道，就是"机趣"。二是所谓的戏和味道，核心在于出人物性格。这两条是一体两面的。兹举几种小的细节类型为例。第一种是干好事落不是型的。如马小霜来看望周家文生病的丈夫，主动拿暖壶倒水，结果不会干活的她反而把暖瓶给摔了，对于一个下岗女工，并有长年卧病的人的家庭来说，一个暖瓶是贵重用品了。也加上姐妹们不客气，气得周家文直话直说了："这一个暖瓶七八块钱呢，马小霜啊马小霜，你怎么干啥啥不成呀！"第二种是百忙中露性情型的。如邱一平领着悦悦看恐龙展，几家人都为找不着孩子吓得乱转，但是最后邱一平居然接住了马小霜给他领着悦悦花的 26 块钱，引起了周家文和田立春的鄙夷。邱一平还是为追求马小霜几乎连命都不要的人呢。这已经够有戏了，但是奶奶仍然不失时机地教训守寡的儿媳妇不要随便和男人来往。还有田立春刚刚还豪气仗义呢，转而就暗示让不富裕的周家文还钱。一拐弯就真实了，就立体了。而且，正是无数的小拐弯积累出合情合理的又耐人寻味的大拐弯：干啥啥不行的马小霜最后成功了。第三种是闲笔生韵致型。一些并不承担叙述使命的细节，却给作品带来了耐人咀嚼的人生况味，丰富了全剧的内涵，就像一棵树上的绿叶，就像一首音乐旋律中的"织体"。一般的娱乐剧是不屑于经营这些"没用"的细节的，譬如马骥、马小霜两人感到无奈的时候，路上"遇到"拉琴的长头发青年拉着还没有名字的曲子。马小霜与周家文从拘留所出来后，看见青蛙想跳起来却很难跳起来的场景后，马小霜说起小时候的梦，电线杆子上爬着蚂蚁。周家文说要是这杆子通天，也许蚂蚁能上天呢。马小霜感叹蚂蚁也比人强。然后跑过运钞车，话题又转到马小霜那笔钱上，然后又回到了故事主线上。这种烘云托月的烘托法，表现出作者的细心和精心。这些闲笔成就了这部现实主义作品的诗意。第四种是阴差阳错出哲理型。马雷自以为是京城的大名人，结果自己出丑；徐临风劝马小霜别拿自己的幸福开玩笑："我总觉得你现在的状态像蓝天白云，你一旦找了老邱肯定要堕入柴米油盐当中。"马小霜不领情也没抓住这句话暗含的爱意："我一个下岗女工，还什么蓝天白云，能弄明白人间烟火这点事就不错了。"邱一平"隔墙有耳"听不懂，徐临风扫兴而走，马小霜气急败坏——蓝天白云与人间烟火的反差尽在不言中，其实人人都在人间烟火中向往蓝天白云。第五种是精心设计的揭示人物心理的细节。譬如周家文一见邱一平就背痒痒，非要邱一平给她抓，懂得心理学常识的人都知道背痒痒是性意识的症候。邱一平一直死死地拿着夹有马小霜的照片的小镜子，是他苦苦暗恋马小霜的"镜像"——贯穿性的镜像。当然还有马小霜后来的一个使命是给丈夫留下的袜子配成双。立体细节的一个核心元素是台词，单有精巧的生活情景没有警策的台词，就会浪费掉很好的细节。生活场景如果是"龙",台词就是能将它点活的"睛",诸如"你学会了主动,生活就听你的了。"既不游离叙述也不拔苗助长,是"此时此刻"非要说出来不可的,既能揭示人物性格又能深化主题的,但又不是宣言而是自然而然的家常话。就这样,编剧扎扎实实地一笔是一笔地用"立体的细节"垒起了"人间烟火"这面大墙,而蓝天白云不在墙纸上,却在墙缝中。合情合理、干净利落,这种几乎是简单的要求,却是优良的品质,诗意现实主义的品质。

"掏出掂量过的心"

"画鬼容易画人难"这句老话话糙理不糙。搞笑剧、武侠剧具有巨大的写作自由:人有多大胆地有多大产,可以牛皮不破使劲吹。娱乐风起,从荧屏看真实的人物就像看稀有动物一样不容易。要找"熟悉的陌生人"就不够"时尚"。《有泪尽情流》的路径与之不同。写真实的核心和难点是塑造出能引起一代人共鸣的人物。《有泪尽情流》两个人物立起来就能大架子不倒了。一是马小霜,二是邱一平。马小霜大气,邱一平小气;马小霜漂亮,邱一平丑陋;马小霜没心没肺,邱一平计计较较;马小霜蓝天白云,邱一平人间烟火。双峰对峙,二水合流,煞是好看。好看背后的道理更有人性的依据。仔细想想,这两个人橐栝了人性的两极:马小霜"不在乎",邱一平"穷折腾"。"不在乎"是中国文化的一个性格上的体现。文化最终的落实是这一群体的"态度"。马小霜没有什么文化,但是不妨碍她拥有这种文化基因。"穷折腾"则是所有没有宗教感觉的世俗人的常态。将这两种性格合观就能查看人类活动的总账。性格用心理学术语说就是人心理之追求体系。这两个人物之所以真实是因为他们是在拐弯的细节中一步俩脚印地走过来的。文学就是发现人性、揭示人性、丰富人性的，就等于把每个人物的心都掏出来掂量掂量。马小霜的"脸"几乎是个漫无成算的傻大姐的脸，但是她的心，又是一颗充满爱心的、坚韧不拔的心，是个在人间烟火中保持着蓝天白云的一颗不会作诗但有诗意的心。别看徐临风比她潇洒，但并不比她蓝天白云。婆婆因儿媳妇在儿子死后没有哭，就"看不到"儿媳妇在后半部一直在给那一只袜子配对。用给袜子配对这个物象呈现了马小霜对丈夫无尽的哀思。"缺心眼儿"的举动，其实是超越环境难能可贵的大气，也正是这种性格成就了她苦难过后的幸福生活。人们之所以欣赏文学就是为了了解、观摩、体味别样的人生，掌握超越现实的"活法"。电视剧就是这样用生活细节"把心掏出来"让观众掂量，从而让观众的心软了以后再坚强起来。巧撰岂能无本意，我想编剧的本意是让世人明白，尤其是处于弱势的群体明白：你高兴了，才能让别人高兴；你活好了，才能让别人也好起来。怎样才能高兴呢？先得"不在乎"。你要是总在乎你就永远不可能高兴。怎样才能活好呢？还就得穷折腾。不折腾马小霜就挺不直腰杆，当不成盒饭店的老板。正是这个盒饭店的老板供她的女儿上了大学。等她的女儿长大了，还是需要"不在乎"加"穷折腾"的。

诗意现实主义

诗意来源于"温暖的人性"，冷酷的肉欲主义者没有温暖的人性就没了诗意，譬如贾宝玉有诗意，贾琏和薛蟠就没有。作品的诗意来源于作者的情怀、作者对人性的基本态度。人文主义者基本上都是温情主义者（这是他们成也萧何败也萧何的事情）。诗意永远是对现实的一种审美的超越。对世俗生活细节的呈现如果失去了诗意的叙述就成了《金瓶梅》式的自然主义而不是《红楼梦》式的现实主义。也就是说失去了"诗意"也就失去了现实主义。诗意，来自真情，来自机趣，来自希望，这诗意的希望哪怕是乌托邦也有益于人性建设。别林斯基说，一个民族的文学是本民族感性的本能的世界观，同样一个民族的影视艺术也照样应该成为本民族的感性的本能的世界观。譬如一些日本的动画片就流淌着"武士道"精神，一些韩剧流淌着从我们中国传过去的儒家伦理精神。可以用波粒二象性来形容电视剧的属性：商家看见"粒"（利）、文人看见"波"（意识操纵），如此之利与如此之波，引无数英雄竞折腰，但终成大道者必寥寥无几。因为长久以来有人坚持以为电视剧属于大众传媒，因此它的使命是娱乐大众，因此就与我们一向所说的文学不是一回事了。电视剧背离了文学传统的一个主要症状是背离了现实主义。其实电视剧一开始也是走现实主义道路的，人们现在还在怀念《渴望》《四世同堂》万人空巷的观赏奇观。后来由于大气候小气候的原因，譬如说戏说风是从港、台刮过来的，譬如说人们乔模乔样向往小资情调、进了城的和想进城而未能的要"窥视"城里人的生活。于是豪华风、滥情风盛行，于是现实主义"成了"被遗忘的农村、被漠视的农民、被认为最重要却没人去发展的农业，尽管"三农"是我们的根，尽管电视剧本应该是"草根工程"。不弘扬现实主义，电视剧就像不了文学，我们的大餐就得跟着人家的快餐瞎折腾。现实主义即使再也不能像五六十年代那样成为文学的"金科玉律",也至少像大白菜一样比生猛海鲜经久耐吃。这个不伦不类的比喻正好说中了电视剧和现实主义的品质,就该像大白菜一样养人。《有泪尽情流》就是这种意味的大白菜。我忍不住要说这是电视剧,也是我们心中的文学了,因为它能给人向善的力量,给人美的享受,而不只是简单的娱乐快感。仔细想想说它像文学了,其实也可以说是现实主义传统又回来了。当然这样说只是希望恢复以往的文学给我们支出的精神空间,而不是萎缩这个空间,并没有用文学思维取代电视剧思维的意思。《有泪尽情流》是尊重文学、突出电视剧特有的审美创造规律的好样板。电视剧特有的审美创造规律,是其"呈现方式""影像思维""叙述功能"等诗意地把握世界的独特方式和理则,是其"呈现意义"与其"意义的呈现"的原理。电视剧说到底是人类通过"心理投影"活动来自我反思、自我拯救的一种文体。它通过人类的自我折磨来实现人类的自我拯救,倘无此能力,电视剧不可能成为现代社会的文化工业。迁就讲娱乐的同仁,也不妨说电视剧需要且能够在娱乐观众的同时让观众获得"拯救的意识"。当然这也是影视艺术的一般规律("道")在电视剧这个"器"中的体现,粗略地说,就是恩格斯提出的美学的与历史的相统一艺术创造之道在电视剧中的体现。再重复一遍,所谓电视剧特有的创造规律,也是影视艺术的创造规律,可以从三个层面来探究:一是直接意指,目的是建立叙事层面;二是含蓄意指,目的是建立意识形态层面;三是韵味意指,目的是建立审美层面。诗意,就是韵味意指。没有这第三个层面,就会在第二个层面出问题,变得直白裸露,蔑视观众的理解力。如果只关注第一个层面,竭力追逐故事诱人，就把故事讲"飞"了，讲偏了，讲"水"了。因为它们失去了第二、第三层面这"支持系统""掌控系统"能够带给它们的思维空间、意境纵深。

传唤良知悲剧喜唱

《二十五个孩子一个爹》，是一部用良知传唤良知的悲情喜剧。

本片挖掘并把握住了乡土中国这个"人情大国"的深层心理和肌理，成功地将一个救助故事变成一个认父故事，又用喜剧手法成功地消解了一些可能的虚假感。尤为重要的是认父结构与喜剧形式所表达的戏剧内核是悲愤的、反讽的，从而"拧"出超乎一般喜剧的文化张力和不能一笑了之的艺术魅力。

赵光珍惜当年村里人收养他的恩情，形成了有难不帮不是人的人生哲学。孩子们珍惜这个"爹"的舐犊之情，由生野变成了通情达理、向往文明的新人。什么叫爱，爱就是珍惜，就是由良知唤醒的"操心"（赵光和全村人给孩子们做的，孩子们给赵光做的）。贯穿全片那真情的"珍惜"、珍惜真情的情调本身就是良知的自我显现，其实人要不懂得珍惜就什么事情都能做得出来了。村长的话可视为农民道德的宣言："山变水变人不能变，缺吃缺穿不能缺德。"也因此，赵光这个"二百五"自豪地说"全村人都成了二百五了"时，是在高度赞美这种无私的、奉献爱心的、朴实的善良意志。赵光能够在未婚妻与一群孤儿之间选择后者，是他的大爱战胜了小爱，他为了给"小不点"治先天性心脏病要卖掉全部产业，就是由于"见人有难不帮还是人吗"这样一个心念的发动，是良知的力量使他一条道儿走到了亮。他就凭这股傻乎乎的爱心感动了那些生猛的"野孩子",感动了不可能不算计的"蔫嫂"们,感动了本已决心离他而去的未婚妻桂清……整部影片就是一个"感动的过程",这个"认父故事"不是要人回归宗法传统,而是用人性的力量发出一个让剧里剧外的人走上"回家的路"的传呼。本片的外景地与《我的父亲母亲》的外景地是同一个地方,当看到"二十五个孩子"跑在"回家的路"上,心中有种说不出的温情的伤感。

黄宏同志说这部戏是他的"草根工程"的一部分。他说的"草根"是人间的爱心,每人多种一根草人间就会变成绿地了。卡夫卡批判西方的科技文化时说:"拔根的事情我们都参加了。"黄宏说的"草根"和卡夫卡说的"拔根"的"根",就是良知。良知是人的本质力量,良心就是唤醒忧心,就是作为"爹"的赵光式的"操心"。人人心中都有这个"根",所以银幕中的人在互相感动,看电影的人在接受着那真情爱心的互动的同时获得了人心的感动,赵光的"操心"感动了所有"在场"的人。这部影片是感动美学的范例,是良知美学的胜利。赵光这个了不起的"二百五"形象,将是我们离开雷锋之后的让人心酸眼亮的平凡而伟大的"真人"。珍惜意绪是人类美感的基地,这部影片告诉人们要懂得珍惜!

所谓"悲剧喜唱"既是指剧情处理也是指本剧的美学风格,这正是最有传呼良知能力的一种风格。从审美感觉上说,悲剧主凝、喜剧主散,所以悲剧的感染力持久而绵密。你不用细想就会觉得那么多的孩子沦为孤儿,他们在人间变成了"黑桃 A""梅花 4",变成了"无名"的群体,这个"戏校"是悲凉的。但要悲剧喜唱就没有了艺术的"弧线",美常在"拐弯"处。过去我们所习惯的是"喜剧悲唱"。无论是俄国的果戈理、契诃夫,还是我国的《儒林外史》、鲁迅、老舍所创造出来的含泪的笑，所建立的悲喜交融的美学原则是偏重于揭示人性弱点的、用悲哀的眼光看人的。而《二十五个孩子一个爹》却能在表彰人性优点的时候让你带着眼泪快乐。这是一个变化，一个喜剧史上像样的变化。大而言之是人类的生活方式、情感形式行进到了这一步，小而言之是黄宏同志的喜剧敏感，从小品中参悟出这样一种可观的新的喜剧方式。从内核上说，其中的要点在于：一个大人和二十五个孩子心底发掘良知、用良知唤醒良知，并且终于成功。他们是沦于边缘和底层的，却拥有着闪光的品格。尤其在到处流传奸猾制胜之故事的年头，赵光的故事就成了敲击人类良知的一块"共振板"的槌头。从形式上说，将私情仪式化则是其秘密之所在。从理论上说，仪式化能够使叙事艺术获得受众震撼性共鸣是文学史上的常识。就本片自身说，面对心连心的大学生那一番黑桃梅花的点名队列表演，是在用喜剧手法处理孩子们无名的命运悲情，托起了全剧的一个情感高潮：当赵光用孩子们的真名来点名时便产生了巨大的审美震动。孩子哭了，观众也哭了，一个个普普通通的姓名从有到无、从无到有的过程也正是这部影片的感动过程。全剧的情节高潮是孩子们设局演示"我爹死了"，全村人来悼念赵光，孩子们想说清真相"我爹没有死"，外面人说："他永远活在我们心中"，最后村长来说"赵光他没有死"，大家齐声说"他活在我们心中"。这是别致的悲剧喜唱，也是喜剧悲唱了。这个虚构出来的赵光追悼会之所以成功地将全剧的感染力推向高潮，就在于"礼仪化"，让在场的人融入一种节日般的"共振"之中。全体人员此时共享着一种备受良知感染的共同感中，包括曾与赵光有矛盾摩擦的蔫嫂，都在异口同声地传呼：

让赵光的精神永世长存。

悲剧喜唱的深层的结构性的张力在于赵光这个人物自身的反讽性：他是个温情仗义的好爹，却肩负不起父亲人格的全部"含义"。父亲人格是老师的别名、传统的化身，是孩子们的理性偶像。然而，当孩子们在这里"活下去"的问题解决了以后，主要"矛盾"变成了怎样"学出来"的问题时，只有好心眼没有文化知识的赵光便明显暴露出自身反讽的结构：他不得不用愚昧来反愚昧。在德的标准上他得了满分，在智的标准上他不及格了。赵光去学校"偷"课程表、教减法摔了一地鸡蛋，最后孩子们都围向大学生李老师时，赵光的"哨音"空前地失灵了，没能叫回孩子来，影片唯一一次用了全景俯拍以突出它的象征意义。这些优秀的喜剧细节的内核是悲愤的。它引发出淡淡的忧伤让人沉思，它引发出淡淡的乡愁让人沉重地面对"现代"。

这三翻四倒拧成的悲情喜剧的意味是让人很难一口说尽的，这种悲剧喜唱的唱法将会给中国喜剧电影一个有益的触动。悲喜交融在美学上是公认的高境界，悲剧喜唱能够既感人又"好玩"，悲剧净化灵魂，喜唱符合当年的娱乐时尚。悲剧的本质都是"良心剧"，将悲剧喜唱则是在娱乐中传呼着良知和爱心。本片也因此而使赵光无私的"情侠"品质、孩子们的童心、乡亲们的真情凝结得真切亲切朴实结实了。这部能在快乐中养育人性、在娱乐中传呼良知、在"傻乐"中让人高尚起来的电影，不正是我们民族现在正需要的精神食粮吗？不是那种"导欲"的只刺激生理的快乐，而是"广情"的感应良知呼声的真心欢乐。人们常说的美感的发生机制正是每个人对良知呼声的感应。

电影《考试》的人文追求

就像宣扬人文精神已经不那么体面了一样，现在即使想从当下的国产影片中看到不杀人的影片也要下大海捞针的功夫了。然而，蒲剑的《考试》却以逼人的朴素、温馨的人文情怀给了我一个意外的惊喜。

一个地图上找不到，而且也真的快要消失的小小的沼泽岛上，一场只有五个学生的考试却让人心动言酸，一个在这个小岛上一教就是二十几年、最普通的小学老师，却呈现了中国人的"脊梁"的含义。不再是第五代的"民族寓言"，也不是主旋律的英雄赞歌，只是一段平凡得不能再平凡的小事，只是一组近乎无事的百姓日常生活片段，却创造出了一个"意义世界"，创造出了一个具有人类学意义的电影文本。

电影的人类学流派以及电影的人类学研究关注一个焦点：人类最本真的生存状态，艺术对人类学来说其意义在于能够还原那稍纵即逝的感性的生活细节。影像的直观呈现的品质最本真地记录、再现了立体的、任何纸质文本都无法展现的生活的原生态。《考试》全部的场景都是实景，全部的演员都是"本人"，他们就像过每天的日子一样，说着"天天如此"说着的话，做着"天天如此"做着的事。不但没有惊人大案，而且连个电影插曲也没有。就这么平实，就这么简单，就这么抓住了根本，也因为美在典型美在极致，这么干净的纪实也就有了这么感人的艺术力量。

也许年轻的导演按捺不住艺术性的追求，开篇的一个长镜头段落给人一种俄罗斯式电影的意境，像塔科夫斯基《童年》的气韵。橙黄的色彩、广袤的沼泽地，主人公在大自然中不显眼地跋涉着，跋涉出"考试"二字。当你觉得会不会是中国版《乡村女教师》的时候，电影的正文却进入了绝对纪实的乡村小学堂的日常生活：嬉耍的孩子、复式班级、上课流程、牲口牵入学校、丢了牲口、帮着寻找牲口的老师……影片的时间过半了，还没有半点"考试"的戏呢，这是不合一般影视剧创作原理的，而且就这么五个农村的小毛头，就算考试又能考出什么动人心魄的内容呢？导演好像忘了"考试"这件事，他只耐心沉静地让人们与这个小屯上的人们一起"生活"。这是一种什么追求，只能说是一种电影人类学的追求："类"生活的氛围实情展现大于任何戏剧化的表现！

巴赞说："摄影机镜头摆脱了我们对客体的习惯看法和偏见，清除了我们感觉蒙在客体上的精神锈斑，唯有这种冷眼旁观的镜头能够还世界以纯真的原貌，吸引我的注意，从而激起我的眷恋。"（《电影是什么？》）巴赞这几句话好像是单为《考试》这部电影说的，当然这是笑话，蒲剑也不会为了巴赞拍过这个片子。但蒲剑有明显地凸显屯里人真实生活的电影人类学的追求，使他当然倾心电影长镜头的运用，倾向于影响本体论：再现生活原貌的多义性、含糊性和题材的直接现实性，不分割世界，不破坏世界的统一，是用动作的真实细节的叙述单元代替传统的省略法。镜头与真实有了正确的关系，它就是完全实现了的艺术了。平实纪实镜头中依然能够时时有小小的悬念，让人兴趣盎然地往下看；不断的空镜头都有着恰到好处的抒情性，那么多长镜头却不让人沉闷的流畅的叙事能力等。这些就都不说了，就结尾那个富有韵味的长镜头来说：此前，曲老师为每个学生买了一个冰激凌（这对曲老师是极其奢侈的花费），学生吃不下，抱着曲老师哭（一点都不煽情）。然后屯长领着孩子回屯上了，曲老师送别与开头地老天荒的长镜头相呼应，行走的人、站立着的人都在大自然的怀抱中。突然走远的小孩又返回来和曲老师耳语，只有天知道他们在说什么。曲老师到底还调不调走呢？懂得中国国情的人都知道她不走了，但是片子就是不说。一说就变成了故意的"好人好事"，不说就是质朴的自然生活来历，一说就是宣传，因为它意义单一了，宣传与艺术的原则就在这个是单一还是多义的！

《考试》一片是我心仪已久却少见例证的"现象学现实主义"的一个好例子（详见拙著《影视艺术哲学》）。重新发现现象，重新唤醒知觉，它能让人明白一切，而不把世界切成一堆碎片，它能揭示出隐藏在人和物之内的含义，而不打乱人和事物所有的统一性，它是开放的，以有限表现了无限。再现是为了表现，表现使再现诞生！它是对实在的发现。《考试》一片的人类学价值也在建基于此。再过一百年，享受着我们现在无法想象的后现代教育方式的孩子想知道我们这年头乡村教育的状况，《考试》必是经典文本之一，如果再选一个，就当是前几年的《一个都不少》了。

一部电影的人类学价值只是一个必然结果，不能倒果为因地来打量这部电影。它首先是电影，具有艺术魅力，是大众文化堆里能够被认同的艺术产品。它不是娱乐片，但必须有娱乐性，这个娱乐性是指它不是说教、宣传，更不是迎合各种欲望的刺激性，而是具有精神满足的功能。再分析精神满足，就该写哲学讲义了。就举一个本片的实际遭际的现成事吧：它在日本东京电影节上受到日本观众的欢迎，为什么？因为它扎中了日本观众的怀旧情结，他们回想起了自己的"当年"，激起了他们的"乡愁式的敬礼"。日本人因中国片而滋生了"乡愁"感觉，这叫什么？这就叫美感——精神满足！这他乡人的乡愁更有力地说明了本片那唤醒人同此心、心同此理的艺术力量，因为它传达出了人文精神的精髓。

　　如同爱是一种淡淡的忧伤，美则是一种淡淡的"乡愁"，人要回家的心肠。乡愁的"珍惜"意绪是人类美感的基地。而关于人文精神，古今中外的大哲们已说了千言万语，还有千言万语要说，其实说白了人文精神就是同情能力，一种操心的习惯，一种良知的召唤。当代人的口头禅是"和我有什么关系？"这个水泥森林的丛林法则颠覆了传统的人文精神。金钱社会不仅是金钱成为最强有力的思想形式，也使直接相关的利益感成了最强有力的情感形式。于是，城里人的脸上都容易挂出冰冷麻木，哪怕是县城。《考试》有个城乡二元的框架，尽管片子没有多侧重去比较，但城里人的生活方式显然与屯里人是两个世界了。城里人那"陌生社会"的气质扑面扑鼻，与屯里人"熟人社会"家无隐私、喜乐与共，构成古怪的对比。也正因屯里人这种充分"沟通"，曲老师的丈夫向屯长泄露了曲老师要是再能让学生考个第一，当回十连冠就可能走的秘密，而导致考试终于出了"戏"：屯长让学生瞎答故意答错，而屯长这样做完全是为了念书的孩子！屯长的好心坏了曲老师的好事，而曲老师则在为了女儿和为了孩子之间面临着两难的抉择，而她的女儿是因为她一心教书才落下了头疼的毛病。为了女儿是人道，为了学生也是人道，但一个私一个公，为公就有了浩然正气，为私这只是儿女情长。这其实也包含了人文精神的内在的两难，也是人文精神负载着的人生的吊诡，有点忠孝难两全的内在紧张的意味。面对这样的两难，只能是曲老师对屯长的回答："再说吧。"

王阳明的学生冀元亨微笑着坐冤狱却感动得狱卒都为之泣下，人们问他的夫人："你丈夫的学问精神在哪里？"她说就在"不出闺门衽席间"，就是用闺门衽席般亲爱诚挚的态度来活着。而教书育人这份工作天然地要求老师"不出闺门衽席间"，就是用爱心传呼知识和道德。秉持人性真善美就是中国人文精神的基本内涵。一如《考试》中的曲老师，她质朴如玉，纯净如兰，默默奉献，毫不计算，迹每同人，心常异俗。混在人群中，她是个普通得不能再普通的百姓，而她的二十年如一日的坚持却绽放出夺目的人性精光。别人也许觉得她太艰苦，不幸福，但她自有她的幸福感，觉得幸福感就是幸福本身，也是人文精神的一个特征。

一个电影主人公的人性力量树立不起来，不管影片再是视听的盛筵，再红火热闹也会如过河之鲫，赚点货币也如同货币流通过去：来源于钱，回归于钱。像《考试》这样的小成本电影自然难有什么人工造势的票房神话，但它会成为温暖人心的自家的东西。如同"我"儿时的玩具再也卖不出大价钱，但对于"我"来说，它凝聚着我的生命记忆、我的"乡愁"、我的回家的心肠。每个考过试的人都走在现实主义的道路上，但《考试》的现实主义却因它温婉内敛的"现象之美"而会获得更多的人的同情应和——良知传唤爱。

影片完了，久久不能释怀的是曲老师的那张脸，让我想起海德格尔对凡·高《农夫的鞋》的现象学分析——美在具有"大地性"。

扎龙这个屯落后得没有电，曲老师也不会作诗，但她诗意的栖居在那里，并建立着自己的功业。中国的电影终于可以给《考试》（还有《证书》等）这样的小成本电影一席之地了，这显示了中国电影界的成熟（有报道说还要继续扶植这类现实主义的创作）。贾樟柯用《三峡好人》挑战《满城尽带黄金甲》是用良心活儿对抗装饰工程。据说钱多了就是幸福，但用钱堆不出曲老师的"幸福感"，而且谁也无法预计明年、后年人们是要看《满城尽带黄金甲》，还是《考试》。但是可以知道的是看《考试》让人活得踏实，让人活得知足，让人活得充满善意。看《满城尽带黄金甲》和《夜宴》就让人做梦也在刀光剑影中，让市井细民、屯里草根们也觉得人生处处如宫廷，不歇风雨。

为戏说正名

戏说溯源

可以说，自有人类以来就有戏说，只要还有人类就会戏说下去。至少中国的小说史、戏剧史正是"戏说史"，当然也是戏说终成正果的历史，至少在我们的新中国的文学史是这样确认的。其实戏说的本质是讲故事，即虚构和编排。初民们讲身边的故事，逐渐将新闻变成了"故事"，变成了过去的事情，尤其是将事情变成了"话儿"，将行为型的事件变成了言说型的话语。这种事情本身是一种游戏，而人类是需要这种游戏的，因此而有了人性的监视器——文学，代代不绝。同时，人们讲故事的态度肯定是多样化的，求奇务异、花样翻新、同一故事的不断改装等，都是题中应有之义，现在这种流行的"戏说"方式也是古已有之的，是多样化的"讲故事"的方式之一。无论是正说还是戏说都是在讲故事，而即使是正说相对于"实事"也是在戏说了，至少有虚构和编排。所谓正说无非是指其态度是严肃的、政治化的或伦理化的，而不是游戏化的。

鲁迅说小说起源于讲故事，我们可以依样放大，叙述体文学起源于戏说——戏说生活和历史，这个戏说就是将其叙述的内容故事化。不能故事化则不能传播，甚至堂堂"正史"也有故事化的倾向和因素。大而言之，历史都是胜利者的历史，都是胜利者编撰的意识形态性的大故事，至少需要说的就大说，不需要说的就少说或不说，而且充满了细节上的"缝合"——以至于有"二十四史皆小说"的偏激的说法。譬如在现存的早期历史文献中，夏桀与商纣的罪行是"再版"化的一致，显然有故事化的成分，《尚书》中有类似小说的写法。司马迁的《史记》早就有人在梳理其中的文学价值，刘知几的《史通》则专门寻找《史记》《汉书》等采撷《战国策》等杂说、子书及传说入史的"戏说"之处。正史尚有戏说，更何况文学乎！其实正史是人写的，人是会戏说的，所以孟子早就说"尽信书不如无书"。自然，这并不伤害《尚书》《史记》等正史在文化史上的地位与意义。我们只是说，戏说作为艺术在历史中起过不可替代的作用，戏说是一种艺术创作方式，具有艺术创作的本质属性。

形成这个戏说标准的资源是戏说传统中的文人一脉的积淀，也是中西喜剧美学供奉的宗旨，不是哪一个人臆想天开的产物。机智而深刻的戏说至少是中国修辞学的大宗，也是哲人幽默戏笔的惯技，是中国人言说方式的惯技。如《庄子》之寓言十之八九（《逍遥游》用十个故事组成其哲学主题），《战国策》《国语》等记言史书中的机智说辞，还有以滑稽之雄——东方朔为典范的"谲谏"传统、东方朔戏说获正效的《答客难》、司马迁的《滑稽列传》都是这方面的优秀文本，再下则属《东坡语林》以及历代都有的"笑话"（如《笑府》《笑林广记》）等。

戏说同时也是民间文学的"底色"，如"说唐""说岳""杨家将"等系列故事，这类戏说作品，宋元明清近现代，乃至当代都在不断"再版"它们。这类戏说正是中国古代小说被号称为"稗史"之本义，是从鲁迅说的"小说起源于讲故事"之初民的讲故事一路下来的。"讲故事"的活动一点也不比诗歌贫弱，只是诗歌押韵便于流传并有政府行为如乐府机构的支撑而显得蔚为大观。尽管如此，讲故事的活动及故事的底本见之于记载和流传，也是脉络宛然：保留在先秦史书和子书中的神话、传说、寓言及到汉代"百戏"中的说书、汉末的志人、志怪，成了大气候是到了唐、五代、宋、元的"话本运动"了。当时勾栏瓦肆的说评书的影响力与传播力相当于今日的电视剧了。而中国有句古话叫作"诌书咧戏"，就是说说书是在瞎诌、唱戏是在胡扯，但同样是在"诌"和"咧"却有高下、优劣、速朽与传世的巨大差别。这个"诌"和"咧"不多不少正是"戏说"的正解。

"戏说"生活的是原创的故事，是"当时"的"当代文学"，这在白话文兴起以前是弱小的族群，而戏说历史的则是庞大的家族。古代的戏剧和小说十之八九都是有"本事"的。就说元杂剧，无论是保留下剧目的还是有剧本的大凡都有本事，这本事大凡又都是以前的史实。现存的明清长篇小说，除了《醒世姻缘传》《儒林外史》是在戏说生活（这里戏说主要取其喜剧化的特征），还有极为特出的《红楼梦》，值得注意的是这三部都是文人的独立创作。余则大凡是在改编、戏说历史（这里戏说主要取其演绎、虚构的特征），如历史演义系列、英雄传奇系列、神魔系列。神魔系列是与戏说之现代语义最近的戏说（纯虚），然后是英雄传奇系列（那点实只是由头），相比较，有实有虚的演义系列则成了"正说"。

关于戏说可以勾勒一个抽象的轮廓了：广义的戏说等于故事化，是一种艺术创作方式，相当于今日之"文学"或"正说"，即使不符合历史真实也符合艺术真实。狭义的戏说是广义之上的这样一种"态度"：它偏于喜剧化、漫画化；它的基本对象是历史题材；借一个人们熟悉的名头和事件尽情地"演绎"说者的情绪和想法。成功的戏说是在变形夸张的当中或背后揭示出世道人心的本质和真谛，能够"见道"，如《西游记》《西游补》等；失败的戏说则是一派穷诌胡咧，一点真东西也没捞住。不妨说，失败的戏说叫扯淡，已不再是艺术而是拙劣的骗术了。

仅此简短的回顾，就能"显示"出：现在的戏说其实正是这一源远流长、根深蒂固的民间讲唱传统的一种"症候"，这也是一种来自传统的"权力"，几乎难以我们现代理念为转移。现在广大农村的观众、市民、民工和中小学生坐在电视机前看各种戏说电视剧，一如二十年前人们在路边村头听"喇叭"里的刘兰芳、单天芳的评书及过去直接听说书人直接说评书。这种民间观赏习惯是巨大的需求，而需求就是市场，所以戏说的电视剧总能在收视率上赢过"正说"的电视剧。最初的较量可以《戏说乾隆》挤兑阵容强大、制作精良的《唐明皇》为典型案例。尔后成功的戏说则有《宰相刘罗锅》和《铁齿铜牙纪晓岚》。但是，更多的扯淡型的戏说却在败坏着戏说的合法声誉。

关于戏说型电视剧

严密地说，不存在电视剧要不要戏说的问题，因为电视剧本是"戏说"（虚构叙事）之一体，犹如古代的说书、小说和戏曲，而且我们也承认戏说是中国文学的一个传统，尤其是民间文学的底色。但是，引人深思的是，一路戏说下来的中国人何以到了运用电视屏幕的历史时期，就出现了现在这种劣不胜优、良不胜莠的局面？

现在戏说的重镇在古装：广义的戏说指胡编捣笑的创作态度和方式，狭义的戏说则是单指戏说历史的古装剧了。捣笑戏说，本属于轻喜剧范畴，艺术分寸是很难把握的。若以现实生活为题材，则现实生活就是人们身边。人们随时可以检验戏说的高低优劣，也就是戏说现实生活的捣笑剧不易蒙住人，从而不好卖，也就未能成为"蔚然大观"。而戏说历史则平添了无法验证的自由，先占了"画鬼容易"的便宜。戏说剧已经多得无法统计了，却难以清理出一个可以操作的衡量戏说的价值的内在标准。上文关于戏说的概念还不足以辨别流行的戏说电视剧的优劣高下，姑且从外延上再提出四种标志：有害的戏说；扯淡的戏说；还算有利的戏说；无害无利的戏说。

关于有害的戏说，基本上具备如下要素：一是题材重大，二是政治敏锐性强，三是贯穿性的观念有毒害。首先需要高度重视的是那些披着正说外衣的戏说，如《雍正王朝》在形式上显得严肃得很，正派得很，但包装着内容上实质上的巨大的歪说，美化雍正，将他美化为清明政治的化身。作为电视剧在"好看"上已无可挑剔，也赢来一片"好吃"的赞誉，但绝对不是"健康食品"，尽管有人酷嗜之。

扯淡的戏说，从创作态度上是高度不负责任，从而胡编乱造，一路诌咧下来，夸张过度，没有认识价值、审美价值、教育价值，只以肤浅的感官娱乐为目标。虽然没有直接的煽动、蛊惑的危害，但对青少年的心理健康是不利的。这类高度不负责任的瞎扯淡戏说，具体的剧作不胜枚举。统而言之，都是以古装为时装的、以古事为包装的现代洋派都市另类诈骗剧——艺术已变成了骗术。一时间甚嚣尘上，搞得乌烟瘴气，现在风头虽过，但风力尚健，还有正视的必要。

所谓还算有利的戏说，是指那些还对得起观众的、内容和形式上都还正派的、有一定的认识、审美价值的，如《宰相刘罗锅》《少年包青天》《铁齿铜牙纪晓岚》。这类作品的基本理念无足称道，但还不算存心愚弄观众，算是当代"民间文学"中的佼佼者了。换句话说，正派与否是戏说有利与否的最低标准了。这类戏说机智而不是扯淡，幽默并不油滑。在没有足够多的好作品占领市场的情况下，这类作品还能给观众替代性的满足。

无利无害型的戏说为数不少，从创作态度上说半认真半不认真，从风格上说掺杂油滑，但不是一味油滑。深度自然谈不上，但也不是成心愚弄观众。只注意娱乐观众服务观众了，忘记了提高观众。如香港的《木兰从夫》、内地的《康熙微服私访记》等。

这个粗略的分类自然不能解决戏说现象的现实问题，因为在赵公元帅指挥棒的指挥下，任何理论性的言说都是废话。但理论界不能在这样几乎成了当代文学主场地的现象面前闭上眼睛，以期望务虚的探讨能给电视剧市场立法时作个参考。

戏说作为艺术的生命界线

今日被斥为"戏说"的作品自然是多样化的，但它们有目共睹的共性就是油滑。之所以要追求油滑、能油滑到令人瞠目结舌的程度，是为了媚俗，为了收视率，为了赚钱。其中包含的逻辑就是：

越肉麻就越有趣，越油滑就越受欢迎。这其中更深层的逻辑是：一些受众是庸俗的，以为庸俗了就是从观众出发了，服务大众了，有观赏性了。于是，一个险恶的循环经多年的渗透、强化，终于形成"蔚然大观"了。

自然，戏说体现着、揭示着人类耽于游戏的本性及游戏活动的娱乐本质。无论是了不起的戏说，如鲁迅的《故事新编》，还是庸滥的戏说，如《春光灿烂猪八戒》，在这一点是相通的。问题的肯綮在于"我们到底要干什么"？是要建设人性还是要败坏人性？是要在娱乐中和娱乐后健康而明白地活着，还是在娱乐中和娱乐后病态而麻木地活着？

我们的提法是：我们要戏说，要那种深刻高贵的富有喜剧美学之魅力的戏说；而不要那种愚弄观众、浮薄油滑的戏说。戏说性电视剧应该像所有的艺术一样，至少给人以情感，最好是"智慧的盛宴"。就像喜剧乃至滑稽是美学的重镇一样，戏说性电视剧也应该成为我们艺苑中抢眼的风景。

戏说的内核是"寓言＋谐趣化"。寓言指的是文学的"隐喻"功能，为什么优秀的戏说历史的电视剧能够引起广大观众的共鸣，机制在隐喻。而机智和深刻则既是"戏说"的底线也是其最高标准，因为机智和深刻本身是上不封顶的。成功的戏说是成功的"命名"活动，赋予意义的活动，极而言之是一种"大杂文艺术"，如鲁迅的《故事新编》。深刻的底线是真实，未必是原型的实事却需是人生在世的实情，机智的底线是认真，否则会流入油滑。马克思说，幽默是一种"质的高贵感"；我们可仿词说，油滑是一种"质的低贱感"，从人性的轻贱到手法的低劣是成龙配套的。

汉语文本中最伟大的戏说则非鲁迅的《故事新编》莫属。此处自然无法也无须详加抽绎，且借鲁迅先生在序言中的几句话来明确一下原则性的问题，他说："对于历史小说，则以为博考文献，言必有据者，纵使有人讥为'教授小说'，其实是很难组织之作，至于只取一点因由，随意点染，铺成一篇，倒无需怎样的手腕。"鲁迅还自嘲这样做"是从认真陷入了油滑"，并以谦虚的笔调表达了对这种尝试的欣慰："并没有将古人写得更死。"我们不妨想想蔡东藩的《二十四史演义》就是先生所谓言必有据、难以组织的"教授小说"的范例，它们已经成为现在人们再创作的"原始材料"了。《故事新编》中的作品是"只取一点由头，随意点染"，从而并没有将古人写得更死，并画出了活人的灵魂的伟大的"戏说"。其中的幽默、讽刺是那么机智而深刻，犀利而隽永，至今尚没有接近先生的大手笔。蔡东藩的历史演义是了不起的工笔画，鲁迅先生的《新编》是哲学深度的大写意。

　　鲁迅先生写得很放松，很刻薄，涉笔成趣，影射周遭的人事，尽管他自责油滑，其实是并不油滑的，诚如他所警示的"油滑是创作的大敌"。油滑和幽默的差别说到底是肤浅与深刻、庸俗放任与高尚认真、轻贱人与悲悯人的差别，"手腕"的高低还是从属的形式能力。

　　深刻而机智，说着简单得近乎"土"，但做到却难乎其难。因为它要求创作者具有高尚的"深情冷眼"，具有绝对的明智、深刻的感受、清晰的想象、快速的反应、直觉的感知、以小见大的把握世相人情的精神本质的能力（如小品《卖拐》）。深刻靠什么？一靠真实，如鲁迅所说讽刺的本质在真实，如你说人家像一头驴，如他真有驴气，则越琢磨越对，如人家没有驴气，则说明你身上有驴气。二靠准确，扎在穴位上才能以少胜多，回味余甘。三靠透辟，言不见道，费词而已。为什么许多戏说让人觉得是瞎扯淡，就是没有抓住真东西。这三条简化一下，就是"稳、准、狠"。机智靠什么？一靠学养，像苏东坡、鲁迅、钱锺书，雅俗典故滔滔汩汩。二靠智慧，不是两脚书橱都能创作，尤其是戏说，需要随时随处抖出机灵来，如莎士比亚的喜剧化的历史剧。三靠幽默，戏说的秘密在谐趣化，在生动有趣，在能"逗你玩"得忘了是在逗你。

　　从美学上说，戏说是该如何戏仿与反讽的问题，戏说，是难的，一如柏拉图说"美是难的"一样。

灯塔无光：大学人文精神沦陷于辉煌的建设中

　　胡适为了建设良好的社会心理，培养国民良好的人格而呼吁发展传记文学时说：西方摆脱治乱循环，治了不再乱，得力于他们有上千年的大学。胡适认为好的传记文学能够补偿没有那上千年大学之缺失。欧美的大学对社会的重要作用已成常识。中国古代教育的作用也在常识之列。

　　今日之大学因市场化而骤变，因"跑点""评估"而向纵深裂变、渐变，再期待大学像西南联大那样当灯塔，再希望教授有那一代尊师的活法与教法，恐怕是缘木求鱼了。一路流亡的西南联大成为中国大学的光荣主要是师资好。当我们总絮叨为啥不能像西南联大那样培养出人才的时候，是该想想我们为啥不能有那样的教师了。教师质量大面积滑坡无论如何也不能怪学生，也不能全怪大学体制。

　　平实地说，学校乃至于国家是拿出办精英大学的力度投入学校硬件建设的，扩招是向平民教育、大众教育倾斜，也还是在办教育。而作为教育主体的一些教师，尤其是一些教授、教授当中尤其是那些学霸们，他们在各种场合走台的架势是精英的，他们没标准无特操去钻营各种好处的身手是流氓的。他们没学问有本事，没心思读书有脑子折腾，他们是在教育还是在破坏教育，谁也拿不出统计实证的资料。我们还是乞灵于文学，从反映大学教授的小说出发，反正除了数据刻画任何文字陈述都是隐喻表达。何况还有我们一向所说的反映论和典型化理论的支持，还有我认为倪学礼的《站在河对岸的教授们》《六本书》《一树丁香》这三篇小说是"逼视现实"的，是既有真实性又有普遍性的，虽不足以"尽"当代教授却可以"见"当代教授了。

站在河对岸的教授们

"站在河对岸的教授们"，一想是多好的风景，走近一看是群凡鸟。攒书办会几乎是在竞赛无耻，谁更无耻就是强者，就是"名师"，就能拿到更多东西。这些人讲拿来的时候那是一个都不能少，讲奉献的时候便是十面埋伏了。过去的教授们总是如何克制本能的，倪学礼笔下的教授们只对自己的感官有感觉了。尼采为了让人活出本能自己把自己挤兑疯了，而后来本能的人不知尼采为何物，只把胸脯一挺就查拉图特如是说了。让教授们活出本能，从"被反映物"角度说，这是个事实，哪个学校没有这样的"林若地"呢？还有多少想当"林若地"而不得的呢？譬如，《六本书》里的李冰河。

林若地们的核心特征是除了不要脸啥都要。要了教授以后要终身教授，要了硕导以后要博导，要了学术带头人后要名师。而且他们并不好好的要，用剽窃成果、招摇撞骗来证明自己是权威，要的东西不给就告状，就搅黄学校的申报大业。除了自我利益最大化，不变的别的都可以变。拉帮结派、排斥异己，把一个专业领域搞成黑社会。尤其可怕的是形成意识形态：后起者争而效尤，扩散到学生群体，权威的影响力在这种恶性循环上形稳势巨。老林若地以几何数增长出小林若地，小林若地再教出一片小小林若地，这个"教"有时是正向拉动，有时是反向刺激。学生要么学他们的不要脸，要么得用不要脸来对付老师，众所周知，教育乃本民族造血供血系统，如果像林若地这样的名师再威风凛凛地"工作"下去，本民族的血网带菌生癌是不言而喻的。

林若地们以丑为美，总活在不以为耻反以为荣的荣耀感中。这种荣耀感还能不断地得到有权有钱人的鼓舞。所谓"智者的尊严"，所谓中国文化就剩下了士大夫传统，如今也被林若地们埋葬了。

诚如小说所云，这些教授们都是人精，他们不做学问专事钻营是因为他们贼聪明。正因为这份贼聪明，他们没有超越的品质，没有形而上的追求。他们觉得用皓首穷经的代价当大师不值得，但又偏要全人类把自己当成大师，而且还不能把别人当大师。真大师没用，用艰苦卓绝的奋斗来做成大师更没用，有用的只是享受大师的荣耀和待遇。如果在学术上他们不学无术的话，在追逐功名利禄上则相当不学有术，在如何争取自身利益最大化上就有学又有术了。在酒色财气上是花样年华，贪鄙争竞则比小市民花样翻新。所以，今日之高校，大楼拔地而起，大师渐行渐远。

可以说《洗澡》是《站在河对岸的教授们》系列的前传。前传的前传就是《围城》，再往前就是《儒林外史》。《洗澡》里面要是把许姚爱情部分去掉，其实也是一样的脏。但《洗澡》中方芳和汪勃的关系，要比马飞飞和林若地干净。他们连本能都被异化了，充满了矫饰和自相矛盾，好像就连那本能也是"偷"来的。

没有了形而上的浩气给提着神，根本经不住商品大潮这场泥石流。手心向上，人格便向下了。劣币大规模驱逐良币，本来就是经济规律。吴敬梓的《儒林外史》白写了，刘心武的《风过耳》白写了，倪学礼的《站在河对岸的教授们》也得白写了。因为这些教授们是铁杆"唯物"分子，更因为唯物的时势在造就着这类文化英雄——时无英雄，只有教授们了，所以他们尽管常撒娇说自己比窦娥还冤，其实心里最感谢这十月革命以来的好时光，能够活得如鱼得水、滋润飞扬，当然是这样的鱼这样的水，而飞扬则是无头苍蝇的基本属性了。

因这样的教授不再是道统的守护传播者，大学也难再是传道之地。

"六本书"

近贤有言："大学者，囊括大典、网罗众象之学府也。"

大学无论如何是研究学问的地方。常说大学是社会的灯塔，那灯塔的光，是学术，是真理和智慧。《六本书》展示的辉煌的学科建设工作主要是：扩建博硕点及其教授数量，像叫中学生完成练习册一样完成出书计划（时间越短越好，数量越多越好）。刻薄地说相当于教育系统自己糊弄自己的积木游戏。上有评估的拉动下有市场的催逼，再要求板凳宁坐十年冷，文章不写一句空有点愚不可及了。因为教师那样做啥也得不到，学校那样做同样啥也得不到。所以说从学校到个人都是个著书皆为稻粱谋。学位学科点是这样评上的，教授名师是这样评上的。陷入统计怪圈的量化管理到底给教育起了什么作用？"知识"如此生产和传播，是否还可以叫作知识呢？从事这种劳作的分子，当然还只能叫"知识分子"（尤其是他们不能兼什么长或总的时候），但已经与令人尊敬的体现社会时代良知和理性的那个称号没有多少关系了。

学术成果本来是自然而然的结果，汤一介先生说自己的书质量不如父亲汤用彤先生的，除了水平外还有自己的书两年完成而他父亲的书写了十年。陈寅恪的《柳如是别传》也是写了十年。现在为了评估、为了跑点，往往要求学术梯队中的人在一个运作期内写两三本乃至六本书。这也早已不是啥秘密了。数字不但出干部，也出博士点、硕士点，自然也出博导和硕导。文章以万字为单位，著作以百页为单位（有人戏称王国维、鲁迅的成果规格不达今教授之标），学术研究成了可以重金雇佣的简单劳动，成了可以限时限刻交工的木匠活。不但人成了机器，文史哲之学术研究成了车间流水线作业，于是应运而生了项目教授、课题专著、职业评审家，他们著作等身了，却不但没了知识，而且不像分子了，面目模糊得一塌糊涂，模糊得连那点丑也不分明了。

鲁迅佩服的吴敬梓用他的稗说《儒林外史》展现出：八股取士、功名利禄诱惑读书人不再讲究文行出处，读书人遂变成无知无耻无价值的群体。凡有点学养的人都知道，除了以学问求未来外，另一个连根拔除知识分子的可怕的途径是知识与思想的分离。如今各种"学科"的量化管理驱赶着大量的写字的人去制造印刷垃圾。《六本书》描绘出了这个硬吹气泡，终于把气泡吹破的"奥秘"。鲁迅提倡"透底"，倪学礼透了这个底，公然用小说揭发了这个"学科建设"对于诸色人等性命攸关的意义。这个气泡如果不破还像个玩意，一破就不是东西了。谁吹的呢？利益驱动。每个人都想追求自己的利益最大化，于是最可怕的局面出现了：每个人都只说自己的理，便没有公理只有功利了；没有精神了，只有胜利法了。这些项目教授们比阿Q"乏"。用"80后"的游戏眼光看，林若地们真没有阿Q可爱和有意思。别再用阿Q作国民劣根性的代表了，他被林若地们比得下岗了。因为阿Q不会像林若地教授那样自发给老爷们冲厕所。《儒林外史》早就写透了"功名富贵"是奴役人性的天罗地网，写透那条"荣身之路"正是奴役之路。所以《六本书》中的教授们的表演，不是什么后现代知识状况，只是假名士被现代化包装一番而已，准确地说是假名士市场化得手了。烘托出后现代知识状况的是那个系主任李冰河，他像西方学者早就在批判的那种与商品逻辑同流合污的后现代"知识分子"：总是在追求最大化的明星轰动效应，内心并无一定之见，既没有思想资源，也谈不上坚守如一的信仰，他们实际上是社会噪音的制造者。如果E大学系列还写下去，他将成为主角。

若说大学里一点规矩和良知都没有了，那也绝对不是。规矩是一种平行四边形，有时候是各方力量的平衡，而且平衡久了，被平衡物换了或没了，那个平衡的框架还在，那框架就成了规矩。这种规矩到底保护了谁恐怕只有最后才知道。无可否认的是，过去的厚黑长哲学（脸厚心黑手长）在官场，如今普及于学府了。再配上丧失了内在标准的量化管理和心术不正的统计谬误，使得有思想的学术、有学术的思想，乃至于纯学术、纯艺术等，都成了空谈。再呼吁什么人文精神似乎只有招人烦。其实古今中外的人文都有一个核心就是通过教育改变社会，通过接受教育改变人的命运。同样教育也以人文精神为内核，犹如人格以价值观为内核。从管理体制上再也不能用理科的方法管文科了，这种管法可以按时交出"六本书"，但不会交出一本真正的书。

可以说许多人的傲骨化成了竞争的嚣张、封闭的自负、心有亏欠的警觉。陈寅恪在《王观堂先生纪念碑铭》中说："士之读书治学，盖将以脱心志于俗谛之桎梏、真理因得以发扬。"现在为此而读书治学的人们还有几个？那些"林若地""李冰河""王冬梅"们都在讲究什么？除了不讲究知识文化精神心灵形而上理想，什么都讲究。自由给了这些没有准备好却急着要到手者应有的惩罚。现代学院中一些学生们，要么是自由了却没有意志，独立了却没有思想；要么是独立了却没有意志，自由了却没有思想。那么反奴性、反奴役之路的力量从何而来呢？如果不能反对虚无主义的实用主义之思想奴役，不能反对贪鄙奔竞的欲望奴役，它就能生产、扩大再生产持续增长的无耻，伴随着"六本书""九本书""全集"的辉煌。

一树丁香

校园早已不是净土，教授早已不再高深。然而人们总以为学府毕竟不是官场、商场，没有那么多你下我上的直白裸露的竞争。其实人们一旦只要利益不要脸了，都会呈现原始的面目。教授之间的要面子、不要脸的闹剧显得与泼妇争锋相去不远，为了自己的尊严伤害别人是常态，只是知识分子之间的明争暗斗是人类互相折磨大故事中最让人绝望的丑陋画面，因为他们号称是文化人。于是"一树丁香"恰恰"一地鸡毛"也。

倪学礼笔下的学术圈像鸡窝。开会就鸡一嘴鸭一嘴，手机一响就是鸡叫，交流沟通要么是鸡语要么是变态（吵架、泼酱、爬树、网上对骂），评博导评教授像群鸡争虫，申博大战犹如开发商搞定一块地皮。像金河这样有学问有良心的人也得与一个商人交易才能办成事。略有夸张却比生活真实本身还含蓄的是，女生和女教师们相互排挤。校长在上级、平级、老师之间左右支吾，心里明白该怎样做也得等待时机，借力打力。教授们偶尔有人嘴里冒出一句具有人文精神味道的话，怎么看怎么反讽，作者不想讽刺之却被通篇的氛围逼出了滑稽。

中国知识分子传统中有一个基本的精神就是以"道"抗"势"。知识分子系道统的守护传播者。中国文化血统延绵不断的本质原因，就在代代都有一批真正的知识分子存在，有的甚至看不见自己的工作意义及其精神的传播。但最后水落石出，他们屹立在那里。当今的学界学府是依然有这样的隐而不显的水中石的。看不到学人脊梁是这 E 大学系列的一个特点。谷树林、徐尘埃也不是脊梁，他们知道羞耻，有点真才实学，在职称博导等诱惑面前做到了不要。但是他们封闭、多疑，虽不追名逐利也不追求什么真理和正义，依然有着他们的可怜可笑的偏狭与愚执。这样的人对于真正的读书种子也没有多少栽培能力。

金河是贯穿三篇的主要人物，他从传统学科转到影视上来，因此愧对老师；家庭经济被夫人垄断愧对老娘。他清高有才却不能不屈己从人，爱而不敢恨而不语，除了偶尔耍一下孩子脾气，基本上在两难两可中身心分裂的喘息度日。而且大概将终身如此，因为他的才、他的德只能中和出来一个"躲着活"。不敢正视现实，不敢面对自己，怯生生地参与着不得不做的事情，都有点活得像"贼"了

（林若地是盗的话）。如果说林若地们本能挥发得好，则金河们本能被压抑得不那么好了。小说用阵发心因性阳痿来表现这类人的心性是精当的。

中国传统文化是把动物变成植物的教化型价值体系。在对现代教化状况失望的时候读书人难免期待一树丁香。然而金河的丁香诗是从网上现拷下来的，那个像青春版金河的学生石春山不会有金河的成功了。他面对的环境已不如当年的金河，当年虽然贫困但不缺理想主义氛围，如今石春山面对的却是强烈的贫富对比和浮躁心态。他能守住他的"樱桃园"吗？他热爱一本真书，他的老师们忙着攒"六本书"去了。他毕业要回老家教书，可能要么被污染，要么卡通化，要么边缘化，肯定不会没了理想化。

倪学礼笔下的教授们之所以如此脏，根源于他们没有生存的勇气，才因怕而贪、因虚无而实用、因实用而虚无。这种虚无主义和实用主义使他们无耻到了不知耻之为耻，他们因丧失了存在的勇气而丧失了生命的尊严。孔夫子说"知耻近乎勇"，是指出知耻是存在勇气的起点。对于有品位的人来说，放弃富贵容易，放弃功名难。"君子疾没世而名不称"的高级功名心，是孔子以降的任何志士仁人都解不开的一个理念大结。经世治用是真儒的天职，行道是传教般的义务，但是必须"出，为道行；处，为道尊"。如果只为"功名"，天下读书人就变成了"乞食者"，不摆脱功名的作弄，读书人永远难以站立起来。

如果小说的作者不是那么热衷于用密集的情节和细节来揭示这帮"凡鸟"的龌龊行径，我几乎想说他具有敢于绝望的勇气了。敢于绝望的勇气是精神贵族路线上的，在西方一直是最高贵的精神特征。从柏拉图到尼采、卡夫卡、萨特这一激进一系的，基督教及近世的文化神学一系的更不用说了，只要不是以追求幸福为目的的庸俗的体系，都从"绝望"来发掘人之为人的灵魂力量。为了节省篇幅，节抄蒂利希的《存在的勇气》中译者序概括原著很精当的一段现成话："敢于把无意义这一最具毁灭性的焦虑纳入自身的最高的勇气，可称为'敢于绝望的勇气'。勇气所表现的是人被'存在一本身'的力量所攫住时的存在状态。存在状态也即生命状态，所以绝望仍是一种生命行为，是否定中的肯定，是以否定的形式来肯定存在本身。敢于绝望，是大勇的表现；盲目乐观，则是生命力孱弱的征兆。绝望的勇气是每一种勇气中的勇气，是超越每一种勇气的勇气，是存在的勇气所能达到的边界。"因为绝望的勇气接通了"神性"。蒂利希在第五章的一段话可以直接移赠给倪学礼："他还有足够的人的气概，能够把对人性的践踏体验为绝望。他不知出路何在，但他试图通过说明局势的无出路来挽救他的人性。"

在一地鸡毛和一片脏水中能长出一树丁香吗？我抄我学生的八荣八耻个人版与站在河两岸的教授们共勉：

以取之有道为荣，以不择手段为耻。以理性直面为荣，以自欺欺人为耻。以独立思考为荣，以充当工具为耻。以受宠若辱为荣，以受宠若惊为耻。以高洁傲岸为荣，以曲意逢迎为耻。以平易远人为荣，以色厉内荏为耻。以旷达超越为荣，以自喜自伤为耻。以自由写作为荣，以申报作文为耻。

活法与写法

　　浪漫，是人这个类的根性。当我们常说人是要有一点精神的等，都是在描述着这个根性。真正的浪漫主义者就与众不同了，他们是富有激情的个人主义者，走的是一条通向内心的神秘之路。要了解他们并通过这份了解感受、领会人的浪漫根性，唯一美妙的办法就是走入浪漫主义的艺术世界。休·霍勒的《浪漫主义艺术》具有把整幅布放在剪刀下的实力。他能将哲学、文学、绘画、音乐、政治风俗、社会心理，以及那些作家、艺术家们的个性整合成一股和谐、清澈的语义流，很有人情味地向你淋漫过来。自十九世纪初以降的欧美的怪杰英才们，以其典型的身姿向你劈面走来。他们先锋，却并不摩登。他们永远超前，所以也就永远孤独，他们留给人类的遗产之一就是孤独崇拜。他们活着就享有盛名，其内心无一不充满喧哗与骚动，却一律都相信最伟大的激情有赖于孤独和寂寞。他们心中都有着自己的宗教般的火把。对他们而言，创作艺术绝不是一种职业，而是一种使命。每个浪漫主义艺术家都有不可解的乌托邦情结，他们所奉行的"绝对律令"，要求自己与"永恒真理"息息相通。他们都是与"上帝"交朋友的人，面对金钱世界及其思想体系，他们都有一副与其娇嫩脆弱的气质无法相符的性格力量，这力量来源于他们对个性的执着达到了与生命共存亡的境界。所以，当愚昧的世界以全部的不信任向他们袭来时，他们岿然屹立，凸显出智者的尊严。"只有一个人生"。逝者已矣，活着的也终究要死。反正是要死的，何不浪漫起来。回归你自身、固持己性，护惜性灵，抵抗异化，这样才叫潇洒，才能生动。弄笔的朋友，更该甘于孤独寂寞，走你自己的路。因为趋时从来就是消灭个性和创造性的最好办法。陈寅恪不正是一个举国嚣嚣之中的独立怀远的浪漫之士？没有那份忘怀得失的浪漫情怀，他能作出"不死"的学术贡献？霍勒却不这么激动，他若激动了，反而没有这么大的信息量，因为那就是写他自己了。他用的是文情并茂的史笔，客观、从容、舒展地展示了一个乌托邦之城，并且指示出不同时期、不同特色的代表性的名画，让你直接去体会那说不尽的浪漫心意、历史风情。

进取超越

　　毫无寓言意图的朴实的小说，如果反而有了发人深省的寓意，则用得上老术语：够典型的了。魏国栋的中篇小说《那就是我》（《长城》1997 年第 4 期）写出了恪守 20 世纪 70 年代价值观念的 90 年代的知识青年的心理张力。尤其是那面对商潮的道德自觉、理性立场，不仅让人感到人性的温馨，还让人感到文化的力量。小说中的"我"虽然在事业上巍然可观，却总在内心里找不到自己。最后决心重返文化庄园，再调回母校去，在经济上翻了身以后再从文化上最后完成自己。

　　这是信仰青年马克思的弗罗姆所竭力弘扬的重生存不重占有的"新人"性格（《占有还是生存》），是一种美学化的生存态度。用作品中人物的话说，就是这个"我"是个大孩子，他用单纯的好心肠来面对复杂的政治，到最后也能用社会化的手段来挣大钱了。但是，他有了钱以后想到的是给女友的孩子尽份责任。他总是以感恩的心情来积极主动地"生存"，而从不想去攫取非分的东西，去"占有"情感和财物。这绝对是美学化的性格而非商业性的性格，过去这种性格是做不成事情的内倾的善感的"平民贵族"式的、虽不讨厌却毫无用处的性格。现在这种性格既可以成物又可以成己了，这是多么令人欣慰的国民新心态，是有希望对治工商社会之副作用的新人性格。人们应该为这种新人而鼓与呼！

似乎是进入20世纪90年代以来，中、短篇小说就不再以刻画性格为主，"欲望"这个比性格低若干层次的东西僭越了性格成为主角。若信小说以为真，则会以为我民族没有了性格而只剩下了团团欲望。而《那就是我》尽管在艺术上还有着处女作的稚气，但它真诚地正面展现了"我"的"德性"，写了"我"在商潮中的心理不平衡而用道德和文化来使之平衡的有效的努力。"我"只是一个因受了良好教育而心肠好、有能力的自觉保持人文立场、从十字街头眺望文化灯塔的知识青年。他因此而在爱情和事业上都要强，也因要强而屡受挫伤，但再也不是无路可走就地成仙的耽于体验的美学青年了，他是在奋斗之中的成功之后一直保持着人性的温馨的实干家。他那种朴素逼人的人情味所体现的人道力量，尤其是他那种美学化的重生存而非占有的性格结构，让人看到了商潮之中的人性之光，至少恢复了我们四十来岁这代人对小说的期待的信赖。

这种人性之光，还不取决于主人公做了些什么，更主要的是来自贯穿全篇的珍惜心意：珍惜所有美好的、宝贵的。从水源到女孩子脸上明澈灿烂的笑容，都有一种珍惜情意。他总以一种近似感恩而非怨憎的态度对待周围的人；这种态度也是我土我民素有的传统。"我"对情敌动了粗之后立即悔悟，觉得对方也有追求幸福的权利，这是标准的人文情怀，而且在最后"我"有点功成名就的时候，却以一篇《悔悟》诗煞尾。用西方文学史的概念说，这是一篇"成长小说"，写了主人公从一个"大孩子"成长为一个大男人而童心不损、能力增强的正增长过程。而正是贯穿全篇的那种理性的反省意识，那种自觉的谋求灵魂更新的悔悟情调保证了这种增长是正增长。这种悔悟的情调是一种深沉广大的爱的情愫。据说，爱的极致是一种莫名的淡淡的忧伤，这篇小说从始至终都流淌着这种淡淡的忧伤，珍惜、爱怜的笔调。

就最粗浅的一般意义而言，一个青年要么成功了而丢失了自己的本性，要么因不肯改变自己而在走向社会时大败输亏。这也算每个人身上背负的"伦理与历史"的二律背反。然而，这一个"我"有效地克服了这个背反，他的悔悟始终是建设性的、生长性的，来自客观现实的否定丝毫没有阻碍他的"成长"。这个"我"打破歌德"行动的人不可能有良知"的断言，这个"我"给人的最大的安慰是良知在行动。那也是"我们"唯一正确的选择。在这个意义上，这篇小说是相当典型的。

刘家科的美学情怀

刘家科一以贯之地坚持写作，写作于他是如春蚕吐丝一般的天职，他并不为任何实利，只是为了精神满足。这便产生了《朝夕拾穗》的第一个可喜的特色：朴实、真诚。在文坛上早已开始玩花活，并以玩花活为美为高为大的今天，我为《朝夕拾穗》的泥土气及其"诗，到农民中去"的吁请而感动。他说："中国几千年的诗歌史始终与中国农民的生活史扭打在一起，然而当今时代，中国诗坛上写农民的诗太少，为农民写的诗太少。"于是，他提出一个令人心酸的问题："是农民那里没有诗了吗？是农村失去了现代生活的诗意了吗？（该书58页）"不能说只有像家科这样的评论家才能提出这样的问题，但可以说只有像他这样的农家子弟又一直在基层工作的评论家才会啼血呼唤："把诗，从农民心中呼唤出来吧。"

重视农民当然就会重视传统。本书单有一编是解读古代笔记的《小说探微》。他的视角带着组织部的鉴人学的眼光和心思。从所选篇目就一目了然，如《磕头幕》《官武则天读檄》《（海）刚峰宦囊》《秦桧专权》《王勃展才》《外廉而内贪》等。家科用的是寓言读法，借古察今。一个磕头磕得额头有了茧块的幕官会是什么样的人才呢？武则天看骆宾王骂她的檄文，始而微笑，继而不悦，不悦的内容不是骂自己而是责怪宰相遗落了这样的人才！海瑞遗物之清寒及其不怕死、不爱钱、不立党的风骨与"飞来疑似鹤，下处却寻鱼"的外廉而内贪的伪善的对比，不能不令人感慨系之。家科别有慧心地从中挖掘了许多今天尤为有用的用人哲学。虽说是美学赏析却体现着管理哲学的智慧，这也是本书的第二个特点，不仅体现在这一编当中，几乎是贯穿性的特色。因为文艺评论说到底是人生评论，更何况又是一位职业评论人的文艺评论。

鲜明的时代性是这部《朝夕拾穗》的第三个特点，也是组织部里的业余作者的题中应有之义。他评古是在论今，读来亲切感人。他论今的篇章更见出时代风云，对《农民文学》部分诗作的评论，对《土地和阳光》的评论，都是家科在为时代新人"鼓与呼"，为农民诗歌"鼓与呼"。尤为难得的是一些象牙塔里的评论家不肯赞一词的当代战斗诗篇，成为家科非要再予发挥的兴奋点。如魏巍的《世界恶霸》、雷抒雁的《请你摸摸这血迹》声讨美国在南斯拉夫对平民和我国使馆犯下的滔天罪行，揭露美国"满嘴的人权人道、干的是强盗生涯"的外善实恶的本质，表现出诗人不能在世界上的恶行面前闭上眼睛的良知勇气。家科作为评论家更有睁开眼睛看世界的良知勇气，这时，他便为民族尊严和世界正义而"鼓与呼"了。家科这个为农民、为民族精神、为以德治国的先驱后劲鼓与呼的农家子，是个不写诗的诗人，或者说他是个时刻都在发现、探询生活中的诗意的"文学青年"。不是说他的水平，而是说他的心境，他始终在业余状态，所以他总是年轻！

清茶·老酒

富贵人难为冰雪文，因为风格是人格的分泌。刘家科人在官场、心系文苑，他的散文没有半缕的官态，也无一丝村学究的酸腐之态。更没有现代、后现代的浮嚣之态。他是"接着"五四一代人写东西的人，与当今那些今半生不熟的舶来品、加工舶来品的半舶来品构成一种文坛上的生态平衡，品读其《沙漠那边是绿洲》，如啜清茶如饮老酒。

反复琢磨，这地道从何而来？自然可以归结到人性文心，可以归结到艺术造诣，均觉得不够意思，没有拎出精气神。再三思量，可以一言以蔽之的是他的风骨与众不同，刻薄点说当今文坛有风骨的东西不多了，家科散文的特质在于有风骨。风骨这种东西说白了就是"志气"。不知道为啥，读家科的散文总浮现出诸葛亮的楹联：淡泊以明志、宁静而致远。

风骨的构成用刘勰的话说就是"情与气谐，词共体并"（《文心雕龙·风骨》）。家科的散文有着著名的"村庄情结"，家科散文的文气可以用"清醇"概括，斯情斯气相得益彰，遂成为散文界的"这一个"。多年来，他宁迟勿速，宁拙毋巧，只是像春蚕吐丝一样出于自己的内在需要而宁静地抒写自己的内心感觉，几乎像老农经营自己的土地一样不废寒暑、漱石枕流地写着他的"故里情思"（辑2）、"人迹心痕"（辑3）。人人都在东奔西走，唯有心志者能留下这样的

"东奔西走"。可以说，他是在充满喧哗与骚动却毫无意义可言的人事纷呈的沙漠中营建自己的心灵绿洲。说精卫填海夸张了，但是定力卓绝的苦心苦志、集腋成裘得有了这苦吟派的"捶字坚而难移，结凝响而不滞"的秃体文章。

如老酒越品越有味。

赵汀阳的"天下"观念

　　赵汀阳一直在致力将人们习惯的务虚的哲学改造成能做成事的务实的哲学。赵汀阳说哲学观念是大观念，大观念当然随着大事情走。于是，他转而做天下理念这篇大文章。如果说问题体系是所思的话，那么方法论及新的方法所形成的概念体系便是思本身了。中国古代哲人往往用"思"消融"所思"，留下开放的"思"的气场，供后人来填充。而赵汀阳是受过西学洗礼的，在追求逻辑自洽方面像是个严谨的分析哲学家。所以，这本以探讨天下理念为主干的《没有世界观的世界》，不但是说给政治学家听的，而且是说给政治家听的，尤其是说给西方的政治学家和政治家听的，让他们修补他们那偏狭的二元对立的不够世界化的世界观。

　　因为西方那以民族国家为坐标的、以帝国观念为尺度的世界观（不管是罗马帝国、大英帝国还是美帝国主义）都是唯我立场的、正统异端两极对立的。没有也不想与中国及东方观念世界互动起来的偏瘫的世界观，尤其是其机械的二元对峙的（进步／落后、文明／野蛮、正统／异端）不知转化与蕴涵的思维方式，而中国的天下观念（不是实践）是以天下观天下的无立场的、人我主客互动的，对可能的西方世界是兼容消化的（如历史上接受佛教、近代以来接受现代化理论），从而是开放的、有序的、和谐而兼容的、能够"物各赋物"的。汀阳给没有了形而上感觉的当代人生建构出一个天下感觉，在用纯哲学的剃刀沿着互动文本纽结的肯綮貌似"无立场"地剖析了一通之后，我们拥有了这样一个天下：相对于西方的主体原则加异端模式的国家观念，中国的天下理念是能把世界引导走向和平发展道路的大哲学。这种天下感觉也是可以抵挡后现代骚乱的，因为天下感觉是能寻找最大尺度的有序化的哲学境界。

说他貌似无立场，不是说他背叛了自己的方法论，而是说他有更大的坚持：一是使中国的某些概念进入世界通用的思想观念体系。二是使中国思想所发现的一些独特问题进入世界公认的思想问题体系（《哲学的中国表述》）。习惯于用西方哲学标准来考量哲学的人照样可以从赵汀阳这《哲学的中国表述》中感受到中国哲学的魅力。就拿汀阳这本新书来说，是无立场分析和综合文本的方法发现了天下理念，还是天下理念给予了他这种哲学方法？我看尽管是互动的，但是后者更根本一些。老子对赵汀阳的影响是遗传性的，尽管赵汀阳不承认。就我看，王阳明的心学对赵汀阳的心事哲学的影响也是遗传性的。

像汀阳的所有的书都是论文合成确有内在的逻辑联系一样，本书内在结构是一体的、强有力的。文化自身认同、历史知识从地方的变成普遍的等重大问题是天下理念的侧翼展开，幸福和暴力问题，乃至后现代问题都是没有世界观的世界中的色相。"没有制度只有表述的后现代"，这一对后现代的致命判断当是"综合文本"方法的一个发现。精神如果没有制度的支撑，便会出现"后"的状态。"后"是状态，不是时态（难怪有人能从庄周、魏晋风度中找出后现代）。综观全书，觉得赵汀阳是想在这礼崩乐坏的大形势中建立起有序互动的、能对话可交往的世界（用波普尔的术语）来，建构出真正以世界尺度为思考单位的世界观来。

官场系统丧失了免疫功能

　　规则是反复博弈达成的局面中多数人默认的形式理性，俗称规矩。不懂规矩的人被称为生瓜蛋子，这个规则往往是入局者首先面对的"形势"，不能摸清这形势就叫"门不清"。这样说其实很不够意思。规则或曰规矩的准确含义是用十个八个比方也难以尽意的，譬如说从生成的角度说它是"土壤"，从教育的功能说它是"空气"，从深层语法的角度说它是"结构"，用更大的酸词儿说它是"文化心理结构"。这么说来说去都几近无聊。因为这里说的是"官场规则"，官场像是偏词，其实是主词，而任恒俊说了：官场＝戏场，官场＝市场，官场＝战场，市场和战场都是充满不确定性的，戏场倒有些规矩，但能作出秀来的都是现场发挥出来的、突破了规矩的天才表演。其实规则也好，规矩也罢，都是不确定中的确定，都是函数，因变量而变化的，却也有个坐标。这个函数坐标支出了官场这个作为经济和文化集中体现的政治空间。谁胶柱鼓瑟，不知通权达变，谁就是生瓜蛋子。因为这种规则其实是权术变成了习惯，变成了"道道"。虽然是官文化却不是正统的官方文化，正统的官方文化往往是只说不做的"道统"说教。而规则是真正的范导你如何做事的"哲学"。

　　这套规则系统太深入人心了，几乎人人都在运用它、丰富它，成了实际上的通用的意识形态，成了阴阳之道中的那个决定性的

"阴"，成了实际上起支配作用的不成文法、支配世道人心的价值感觉，成了机动灵活能打出想象力和理想性的"地下党"战略战术。但是，越是如此，这套规则却使自身丧失了免疫功能，使自己缠上了"艾滋病"。

艾滋病是系统免疫功能的丧失。官场规则变成政治艾滋病是因为官本位太强大了，强大到失去了边界，是政治权力泛化的一个必然结果。免疫功能丧失是因为它没有了边界（太弱丧失边界，太强也丧失边界），丧失了边界以后，所有的问题都成了一个问题，譬如说都成了权力问题，权力的泛化导致权力的破产。这就好比，对于没有艾滋病的人来说感冒就是感冒，对于得了艾滋病的人来说一场感冒就能要了命。《晚清官场规则研究》说的虽是晚清，却也影射了现在，文中单有"官网恢恢"一节，有一段话说得极其精辟：

人们说"官话"，走"官路"，入"官学"，做"管学生"，读"官版书"，答"管卷"，押"官韵"，作"官样文章"，应试做"官"，打"官腔"，摆"官架子"，种"官田"，当"官工"，做"官商"，缴"官课"，披甲为"官军"，打"官司"，……守"官法"，坐"官监"，盖"官印"，执"官帖"……

就像艾滋病有主要传播扩散的渠道一样，这个官场规则也有它的主要传播扩散渠道：一是天然具有的极权品质，如同《晚清官场规则研究》详细展示的那样，极权品质自身的属性就是腐化，并因日益自相矛盾而腐化加剧。二是科举制这样的输血方式，再加上整个评价系统，如吏部对干部的考评。任何体制的评价系统都是供血机制，这个机制有了病毒，就失去了再生能力。三是官场上的各种为非作歹的"花样"，在刺激中将自己玩完。教育、舆论、人事制度、意识形态、世道人心成龙配套地丧失了免疫功能，就是《晚清官场规则研究》所指示的政治艾滋病。

官场规则的核心含义是：识人用人，做人做事。识人是个包括教育、规训、考核、评价等机制问题，到关系、风格、感觉、交往等"意识形态"问题，诸如亲不亲风格分，亲不亲派系分之类。古代的通常理路认定：无学术则无人才，无人才则无政事。统治从幼儿园开始是中国古代的常规，不值得细说。科举制在唐宋发挥伟大的历史作用，问题是何以到了清朝就教化出一个"假天下"。这套规训体制将官场调教成了"戏场"。有人用《西厢记》的台词做成非常漂亮的八股文，说明了这两种"事物"是原则同格的。其次是许多人作姿态、打官腔、作秀，许多仪式本身就是表演化的。这就形成了官场的基本作风：做官不做事！都在虚应故事，一如清末流行的顺口溜：太医院的药方、翰林院的文章、都察院的奏章、銮仪卫的刀枪，都是徒具形式的摆设。还有什么小官大做、热官冷做、俗官雅做等。大小官员都成了"戏子"，因为这样对他本人是利大于弊，对于国家当然是弊大于利。

为什么没人好好做事？因为已经染上艾滋病病毒了。用人规则、奖惩规则、舆论规则，整个管理系统的理念、操作、人员均染上了艾滋病。如同莎士比亚的剧中人说的：得了爱情这种病的人是必须鞭挞的，但是就连拿鞭子的那个人也得了这种病！用人问题已不再是龚自珍说王安石的《上仁宗皇帝书》洋洋万言只是两句话：人不能尽其才，朝廷不得人才用的问题，而是只有"蠢才"和"奴才"爬满官网每个纽结的问题了。这就是历史上的"晚"字现象，历届王朝一到晚期，都必然如此。

这些不成文的规则首先玩弄的是成文的王法，但是王法奈何不了这些规则。因为这些规则寄生在王法当中，成了与王法如影相随的"影子悲剧"。如同贪官是在与皇帝分财源，皇帝比百姓还恨贪官，但是极权政治的本质必然要求皇帝要与贪官"共天下"，官不贪便没有工作动力。事实上上至皇帝下至百姓最怕的已不再是官吏贪污，最怕的是官吏不干正事，吊诡的是官一贪，就很难再干正事。几乎有雄心的皇帝都有过如此浩叹：本来选派官吏是为了治民的，却整天为对付这个官吏而伤透脑筋。崇祯临死前大呼朕非亡国之君，臣皆亡国之臣。他们是在讳过吗？也是也不是。说是，是因为他们是法人，是规则的默认者至少视成者，他们当时享受规则的舒服劲时为什么不整治这套规则呢？电影《黄土地》的战士说的公家人靠规矩打天下，说的就是这个理。说不是，是因为他们也是这套规则的受害者，哪个皇帝想亡国？

本来还有一丝治疗的希望，就是货真价实的监督工作，但是没有分权和制衡就没有真正的法律，也就难有真正的监督。不但皇帝是"监督不了的人"，就是皇帝的避雷针也是"监督不了的人"，而且监督的后果反而是"因药得病"。药源性疾病是监督者扩散病毒的最好形容，当监督者本身就带病毒，就是最大的传染源的时候，整个系统能不丧失免疫功能？如同执法者犯法便没了王法一样。借用中医的营卫理论，监督是"卫"，法律是"营"。极权政治所讲的法，只是讲究法势术的"法家"之法，这个"法"差不多就是规矩、规则的意思。说它是形式理性，只是讲其外在的约束性，要用哲学史上的理性标准来衡量，它恰恰是反理性的，是极权政治体制之反智本性的一种浓缩的样范。孟德斯鸠说过：当颁发的荣赏与荣誉的性质相矛盾的时候，当恶名和品德可以同时放到一个人身上的时候，当卑鄙的人们从奴颜婢膝中获致显贵而引以为荣的时候，当他们认为对君主负有无限的责任而对国家则不负任何义务的时候，该政体的原则就一再被腐化。这个腐化的结果就是把官场变成了戏场、变成了市场，当然也变成了战场。

民国士人的四种境界

办洋务、搞维新的一代知识分子是第一批真正兴起"器学"的士子，一改几千年不变的重"道学"的传统。一直是属于博雅型教育的中国文史教育传统出现了科技型教育的新维度。然而"师夷长技"的转向很快就转向了政治制度、意识形态及文化学术等非"器学"的"道学"层面。首先是为什么当时的中国总也摆脱不了治乱循环的劫数？其次，当时有些小国何以富且强，而我泱泱大国却贫且弱？夷之长技不是无源之水、无本之木，其长技是有其制度、文化上的依据的。直到西式的学校出现于中国各地，向西方学习，才算楔入古老帝国的深层。随着新式的报馆和学堂的出现，才有了新型知识分子。具有悠久历史的中华人文学术传统也发生了空前变化。它不得不"与时俱变"，工作在这个领域中的学人也在这段最为多事的历史中领受了不同的命运，采取了不同的学术策略，表现出不同的人生态度，从而也就有了不同的学术境界。

一、普通的学院境界。由于种种主观方面和客观方面的原因，他们未能成为创造型人才，只能在人文学科领域中默默地做着普及工作。其辐射面只是其直接服务的对象，或能著书却不能立说，所以其影响、作用往往及身而绝。但只要他们忧国忧民、关心人类的基本价值问题，在他所栖居的范围内以"人类的良心、社会的理性"自任，就是个当之无愧的人文知识分子。他们最动人的"形象"

往往出现于成了人物的学生的回忆文章中，他们是传播文化之重镇——学院的主体。只要坚持人文文化的理想性品格，他们就能在平凡中找到伟大，并活出点伟大来。"学院境界"是一种比喻，它还包括在报馆、书局默默耕耘的人。

二、功利境界。这个境界的上限状态是建功立业、志在改变历史进程并直接参与现实事变，其下限便是追名逐利，但求成功，不择手段。这一路是古代"法家"的近现代版，譬如章太炎就赞美法家。这类学人与政治打成一片，相信政治决定一切的"决定论"。他们将具有超越性、形而上学的人文文化强行纳入主流政治轨道，或努力创造出个新的主流来，如康有为、梁启超、章太炎。尽管他们有"衣带渐宽终不悔，为伊消得人憔悴"的献身精神，还是只能发挥文化作用，而不能直接发挥政治作用。他们所营建的主流形成之时也是他们对其失望之日，被主流甩出来之日。

三、理性境界。在当时的背景下，有一微弱的文化保守主义的声音。他们不像自由主义派、全盘西化派那样想通过反传统来实现现代化。他们坚持"不能失本民族之地位"，无论是对主流之政治，还是对流行之思潮都恪守知识分子那"独立之意志、自由之精神"，并以"吾侪所学关天意"的自信，进行不趋时不媚俗的文化建设。王国维、陈寅恪也以此成为二十世纪的文化景观。他们面对日新月异的时代变化，以气节名士的孤傲心境，"独上高楼，望尽天涯路"。

四、美学境界。中国的释、道两家对读书人的影响至为深幽，有的学者认为中唐以后，"儒道互补"的模式变成了"儒禅互补"。释、道两家应世的基本态度和基本思维方法是美学的，所以这两家蕴藏了丰富的"文化超越"的精神资源，从而成为沦入边缘境地的知识分子的精神家园。每当一股巨大的浪潮退潮时，人们会吃惊地发现"那人却在灯火阑珊处"。比如钱锺书。钱之"一与不一"哲学、"游于艺"并以文为戏的活法使他"诗意地栖居"于刀光剑影未尝消歇过的大地上。而他又并非两眼望天的超然道长，他那用文史典故所作的"人间喜剧"（《管锥编》）越来越受人们的重视。而当实证哲学走到尽头之际，思想家们也越来越倾心用美学来超越现实、去冥证大道了。

不管是赞成还是反对，我们现在还处在"中西文化会通"时期。像钱穆先生那样"一生为故国招魂"（余英时语）是一格，像钱锺书先生美滋滋地去"打通"、能道通为一是一格。更多的人恐怕都会同情吴宓那"二马裂尸"之喻。什么西体中用、中体西用之类的设计都是想"强二马比肩同进"。现在经过了百年战乱，我们终于能够也应该对中西文化进行深层次的探询比论了。很苦也很冤的功利境界中人、很沉重很无奈的理性境界中人、苦情幽默又不无危险的美学境界中人，会对我们有什么期望呢?

巫术思维与欲望中介
——关于电影功能的抽绎

电影与以往的艺术样式相比的根本点，在于它是现代科技的产儿，而且高科技正在改组着电影的面貌。影像世界已成了"只要能想到就能做到"的动画游戏，但技术的进步并未推动艺术前进，甚或更反衬出艺术的退化。我的导师仲呈祥先生在"美学前沿"讲座中将这种状况概括为"先进的技术水平与混乱了艺术思维的奇怪的组合"，这样发展下去前途堪忧。尤其是由于技术过于发达，电影几乎蒙上了陷入封闭系统的阴影。本文试图对电影的根本问题重新提问，并尝试着进行哲学化的回应。这种哲学化的回应固然不免概念化之弊，然而也只有在概念状态中才能探索多种虚拟的可能性，以勉强回应日新月异的电影实际。电影学也该有超越实用形态的抽象品质了，电影也应该回过头来正视电影思维的本质构成及其作为欲望中介的天然使命。

本文提出电影之巫术思维，既不将巫术思维来与电影思维进行类比，也不是用巫术来隐喻电影，只是想借重原始的巫术思维来"冲击"已程式化的电影思维。柯林伍德早就提出了他的"巫术艺术观"（当然在他那里巫术的主要语义是宣传）。列维·斯特劳斯在《野性的思维》中详细地论述过巫术这种"野性思维"的潜能和它的逻辑，他称其为"具体性的科学"。他努力把"野性思维"拉到与"科学思维"平行并列的地位，这里借水生波、移花接木"拿来"他几个关键词以"鼓舞"电影思维。

一、电影之巫术思维是神话诗意性的知觉思维，是一种"理智的修补术"，基本特征是通过把事件的碎屑拼合在一起来建立结构。借助事件创造结构，不断地把这些事件和经验加以排列和重新排列，力图为它们找到意义。庞蒂在《哲学赞词》中所说的哲学家的绝对知识乃是知觉，可以辅证这一点。

二、影像（画面）的整体效果先于、大于部分的意指和效果，制造、维持这种错觉为了满足智欲和引起快感。它突出了某些部分，隐蔽了其他部分，使影像的结构秩序和事件秩序是一体的同质的：揭示出共同的结构来显示出整体的特征。这是电影思维不同于其他艺术样式的地方：电影之巫术思维是以完全彻底的囊括一切的决定论为前提的，用一个结构"构造"了一个组合体（费里尼的《八右二分之一》原先是只存在于他不明确的意欲中的）。在这个意义上说，影像具有内在的动力学性质，至少是组合游戏中的筹码，充当经验性的能指者。

三、电影之巫术思维没有排他性过渡，画面则是这种过渡得以进行的具有动力学性质的"算子"。这种思维在不连续的模拟展现中可以联系到任何层次的事物和问题，使实践成为活的思维，把直接呈现于感觉的东西加以系统化的变奏。

四、电影之巫术思维借助形象"记号"（当页注《野性的思维》第24页："在形象和概念之间还存在着一个中介物，即记号。在这样的联系体中，形象与概念分别起着能指者和所指者的作用。"）建立了各种与"世界"相像的心智系统，从而推进了对世界的理解。这种思维的"尊严"在于它能将具体与抽象、(主观)结构与(客观)事件、必然与偶然、内在与外在、游戏与仪式"一体化"起来。

详尽论述确立这"四项基本原则"俟之专文，下面且从"小处"管窥其大略。譬如说列维·斯特劳斯把这种"具体性的科学"的运演比作万花筒的变化。在万花筒中，散状的碎片之间会形成千变万化的结构图式，从不同的视角观察它们，这些图式实现着各种可能。它们的片段性和聚合后构成有一定语义秩序的特点酷似影片的"逻辑"，影片可以通过画面和运动的结合记录下不断变化的图景及处于时间流程中的人、物的各种关系。影片是展示"事态性存在"的最佳表现手段，它可以让人直观包含了杂多的具体，并且只是向我们"展示"事态及其不断的变化。

电影的这种"展示"化的巫术思维是有巨大势能的，其势能在于它越是立足于感知方面，越可以掌握多重关系的感性现实。这种思维是一种"感性的语义学和美学秩序"。它那影像流可以揭示出表象下面深隐着的意识内容(哪怕它们是自由散漫的)，因此能够成为潜入个体生命的有效手段，把"大我"的自主的智力结构引入"小我"的生活历程。感知是一种无意识推理，感性思维的力量在于它的具体性，直接感受力支配着感性思维的种种表现。它的综合能力是不可低估的，没有这种能力我们几乎无法破译眼前的事物。与此相连，在感性表达的过程中，一切感觉的全部能力都凝聚在一起，使电影可以按照人的内心世界的活动机制来表现宇宙、生命世界的弥散性的状态。还因此更有感染力：使得我们的感觉不仅朝理念方向延伸，而且朝情感方向拓展，以获得经验性的认同。这种拓展通过心理回忆而获得审美的激情（如《埋伏》中罪犯看电影感动得泪流满面）。影像之特殊的魔力在于它能将我们带出直接的现在，同时体验到过去、现在和可能的将来的"命运"。这是一种以具体存在为依据的展现，这种展现借助其特有的渗透着强烈情感的象征以及可以使两个以上的相异的元素并置所形成有效的撞击构成了万民共享的"超类超像的意境"。这些象征的影像是被制作出来的，从大千世界中一切可知可感乃至潜意识的"宝藏"中"巧取豪夺"出来的。它们是在无穷无尽和无止无休的景象、声音和运动中通过精心选择、意外的组合和新奇的配置创造出来的一个情感灌注的全新的影像世界，而且据说后现代以来人们的日常生活已然影像化了。

电影这种神秘而理性的巫术思维求助于相似手段，把形象化和非形象化的表现方式、动作性的和情感性的表现方式结合在一起。电影思维并不排斥抽象化，只须隐匿得更深、抽象形式更难明言而已。《去年在马里安巴》则是抽象与形象高度统一的"经典"。就连爱森斯坦想把《资本论》拍成电影也并非不切实际，爱森斯坦具有运用电影手段表现思维辩证法的追求和实力（他曾主张影片可以成为杂文集，甚至论文集，可以提出问题，并且通过最通俗的题材作出哲理性的回答）。后他几十年的法国电影导演、电影理论家阿斯特吕克比爱森斯坦更进了一步。他甚至认为假若笛卡儿生活在当代，他会选择电影媒介为我们表现他那《方法谈》的思想。虽然这些还都不是严密的理论言说，但他们都是大师，不是外行人的胡说八道。而且，电影要想走出媚俗的娱乐陷阱，就得要从思想力度方面开拓新世界。在讲电影的感性特征的时候插入这种议论是为了证明，电影那巫术思维是具有极强的理性潜能的。

在电影这种巫术思维中，信息的主要传递者是暗示，而暗示则是模仿和表现之间的一种特殊过渡。暗示是唤起回忆的捷径，因为它是共同感觉的遗迹。暗示的真正力量在于它是一场要求参加者默契的兴致勃勃的游戏，因为与客体的认同和对客体的体验不仅涉及信息的传递者，也涉及信息的接受者。暗示以其富于创造性的简洁方式令人回忆起某种共同经验。而且追述是把动作转化呈现为形式，通过种种细节和偶发事件表示意义。这也便是电影之巫术思维的"公开秘密"：隐喻的转换是在换喻中完成的。这是一片充满感情的沃土，失去了它，把局部转为整体的智力活动就无法实现。

因为这种"巫术"是有结构的。诚如列维·斯特劳斯所说："结构化活动，有其自身固有的功效，而不管导致这种活动的那些原则和方法是什么。"(《野性的思维》)根据维特根斯坦的见解，结构是"使事物彼此联系的支配方式"，形式是"结构的手段"。任何影片自然都包括这样的结构、形式。正如千变万化的万花筒游戏一样，一系列切换镜头本身就是在组建图式、结构和语义学的美学的秩序。维特根斯坦还曾提醒世人："被显示的"世界绝不比"被言说"的世界贫困。因为感性经验的实效性和多样性比纯理性认知的范围要宽泛得多。电影巫术思维是万民共享的智力工具。"外貌感知"在西方古典哲学时代地位不高，在后现代知识背景中，它以影视、网络为中介而声威隆起。而中国古典哲学起脚就是"具体逻辑"的(这是个大有前景的理论问题，此处不宜展开)。

20世纪的人活出了新水平，而这新水平几乎没有不被拍成电影的。如果说巫术思维是电影的"式"的话，表达欲望则是电影的"能"，这个式与能的组合便是电影之"道"(借用金岳霖《论道》的术语及其语义）。简言之，电影所依附的物理条件是科技，科技是欲望的胜利。电影所表现的内容是人的欲望状态及其花样翻新的装置，比其他还需要二度符号化的文体更能直接满足人那需要不断被刺激的欲望本身。因为电影展现的就是人的身体语言本身，影像成了欲望的介体，任何人都可以看，让人看的人又能获得可观的利润，所以它以此得天独厚的宠儿的优势出尽风头，剥削了全人类的眼睛。

因为没有不被电影表现过的欲望，所以任何举例式的论证都与之不相称，我们只能抽象地运用现象学的结构眼光来做一番描述。天下的欲望及其投射方式，自从有了文化，尤其是有了可称为"虚伪之法典"的狭义文明之后，欲望中介的理念化形式是横亘在欲望主体与客体之间的欲望主体的内心图式，一种理性包装的欲望变体。在人间的"故事"中，横亘在主体与客体之间、之上的介体，既关涉主体又关涉客体，这三者之间自然形成一个三角形，介体、客体、主体的具体内容因为故事的不同而随之不同，但三角形却始终如一。在主体与客体之间的介体反而成了支配主体的主角，因为所有的人都生活在"为了……"这个介词结构当中。为名、为利、为爱情、为革命、为上帝、为祖国……，在表达这些人性、人生基本问题上电影比其他文体更鲜明而立体、更抽象而具体。揭示欲望三角形关系更直接而刺激，介体的支配作用更"昭然若揭"，因为这个介体是活动的、主体的、肉身化的，所以这个介体一旦成了主宰，介体最易成为多数人的欲望表达式。好莱坞的明星制、影迷们的偶像也是缘此道理而成为社会现实的。电影充当这种欲望的中介的最佳载体，几乎是历史的选择，除了它的艺术表达能力还因为它具有空前的传播功能。而且伴随电影技术的进化和欲望的内化，电影也因此成了欲望中介的大牌明星。电影当红了半个多世纪，现在电视剧作为其模仿者包抄跟进几乎要取而代之。电影中各种人物的动机只有归结为一个多数人能有反应的介体，才能获得轰动效应。所有关于电影主题的锤炼、开掘都是在寻找一个正好能搔着当下痒处的话题——介体。

任何欲望成为介体都伴随着人类的虚荣（在正面人物上则是荣誉），有些人反对一般的虚荣却被特殊的虚荣模式扩大再生产起来。不管介体的欲望是现实的还是假设的，都使得客体在主体眼里身价倍增。介体的存在造成了胜过欲望本身的欲望本体，于是有了正派人对电影渲染性与暴力的指责，也有了"毛片"制造商借此牟取暴利。许多影迷对偶像明星的迷信其实是种嫉妒的羡慕。据研究，嫉妒是好他者之所好，是种模仿他者的欲望，并且这模仿的欲望还成了不可抑制的恶癖。羡慕则是与获得某物的努力相对立的无能感，嫉妒则将这种无能感想象为蓄谋的对立。现代竞争社会只会强化中介的作用，提高介体的声望，从而促成无法接近的客体越发"镜像化"，在一个人与人的差别逐渐消失的世界里，欲望中介正得其所哉。而影视业在人性恢复深度之前就会红火下去。新生的网络技术只会扩张人生的虚浮之令，从而为影视这口大锅添柴续水而已。不信，你就去看看网上的"新新人类"的影评。

电影艺术说到底还是"苦闷的象征"。现代人尽管没有什么形而上的痛苦，但他们有愿望和压抑。所以，"愿望与压抑"成为当代发达国家电影的基本"主题"、基本题材，探讨这一问题，也成了许多电影人开发或跟进的基本策略，"梦幻工厂"批量生产潜意识的图像了，还有满足各种类型欲望的大胆尝试。面对人类那绵延的欲望，刺激成了发达国家尤其是美国好莱坞的制作理念。而在没有了别的意识形态动力之后，就把"现代人道"看作一种形而上学，一种隐蔽的、无力认识自身性质的形而上学，来指导电影生产。

相当有才华的电影人也只能在欲望的洪流中来探索人类的灵魂。如费里尼也不得不转而来冲击大众，如他的《爱情神话》。影像是欲望的象征。弗洛伊德认为人的"原欲"不得满足而永在"焦虑"之中，自我注定了生存于焦虑的"深渊"，人类解放的出路在于"逃避深渊"。由于现实本身就是焦虑的渊薮，逃避之路只能在于通过"升华"来忘却性的目标，而转向他种较高尚的社会目标。这本可以成为"教化电影"的理论基础，让观众在获得补偿性的满足的同时转移了生命力的方向。在弗洛伊德的理论体系中，升华是人类逃避原欲深渊的"绝对中介"，从而原欲的升华是人类文明的本体、艺术的本体。电影这种现代文明的巨大载体应该从原欲升华这种根本"现象"中获得深入的解释。但弗洛伊德认为这种升华是迫不得已的，是消极的，是虚假的，因为它以牺牲原欲而迁就文明性道德（超我）为代价。它不是在释放、解放人的本能，而是在压抑、扼杀它。在弗洛伊德看来，升华意味着人对原欲的逃避或虚假的满足，意味着一种非人性的生成，升华的意义也就等于无意义。这是与孔夫子的理路正相反的，孔夫子认为本能的东西是动物性的，升华出来的教养（超我）才是在建设人性。弗洛伊德是西方式的悲观论者，孔夫子是东方乐观主义的优秀阐释者。

电影作为描写人类灵魂的一种方式，而且是最直观具体、肉身化的方式，是探讨人性的实验场。电影要描写的是由无数磨人、不断改变的迷宫组成的人生。人就像涉足在记忆、梦境、感情的迷宫中，而日常生活也是一个不断纠缠着记忆、幻想、感情、过去与现在种种事件交叠的迷宫。在迷宫中亘古的乡愁和预感混合在一起，人和世界的关系是个迷宫：出口很多，入口只有一个。电影，在面对人生奥秘时应该表现出知性的谦卑。它的思想不宜以教义的方式出现，但它的想法应该引领我们走向一条更自觉、更开阔的人生之路，也让我们更坦然面对自我神秘、受挫等东西。从而能够使人在创造性幻觉的境界中寻找到自我，能够滋养人的心灵。电影应该在让我们幻想、做梦的过程中，步步移出灵魂幽暗的迷宫，去体会灵魂的存在。

以肉身的直观体现为形式的电影是表达白日梦的最好的文本，几乎是可以与梦一体化的。《美国美女》就直接将欲望与梦境连成了一体。当然它也写出了这种"从形象中得到解救"的虚假与脆弱。欲望的最好的载体是"梦"。梦的最好表达中介是影像。在梦中我们可以无限地表达自己，许多电影都是在重构梦境，企图以梦本身谜一般的透明度来组合出电影画面。其实梦对于我们的心智而言，只是飘忽难解的异形。许多世界级的大导演，如费里尼就说：我们的工作就是消除梦境与想象之间的界限，去创造一切，让幻象成为具象，保持某种距离，将它视为未知，去好好探索它。

如果说梦想侧重"迎合"欲望，回忆则是侧重"整合"欲望。那巫术思维之暗示、回忆更多地体现了自我向超我的"泅渡"，格言"记忆是保持人类情操的严师"也揭示着这一道理。回忆是一种综合能力。马克思主义文论家马尔库塞在《反革命和造反》一文中论述过：回忆作为一种认识能力，主要是综合；它把被歪曲了的人类和自然的碎片组合在一起。后来在《审美之维》中，他把回忆定义为对过去的爱欲的、自然的美的升华的召唤。对乌托邦的重新创造："真正的乌托邦植根于对过去的记取中。……追忆又激起了征服苦难和追求快乐的冲动"。"也许，有朝一日艺术不再可能这样做，然而，假使甚至连艺术的这种追忆都被牵制，那么，'艺术的终结'就真的来到了，无论是取材于或者反对取材于奥斯威辛，真正的艺术都保留这种记忆，这种追忆是艺术经常由之生长的根基，艺术就生长于这种追忆。"（当页注：马尔库塞著《审美之维》）历史题材的影片、忆语体的影片、个人传记性的影片都在建构着一种伦理的力量。苏联在 20 世纪 40 年代和 50 年代初，几乎什么片子都不能拍时，还可以拍摄《钢铁是怎样炼成的》(1942 年)、《她在保卫祖国》(1943 年)、《乡村女教师》(1950 年)等传记片。因为这些片子的伦理力量可以包容这些片子的创作者的良心、艺术追求及与政治的同一性。

回忆出来的美学境界是一个感性的伦理王国——"新感性"。马尔库塞有时又称这种新感性为新道德、新意识、新感觉。电影《战争与和平》写安德烈在受伤以后一个人孤零零地躺在旷野里，才看清了、看懂了平平常常的不晴朗的天空，还有天上慢慢飘游着的灰色的云朵，因为此时他进入到一种回忆式的状态。回忆尤其是对早期经验的回忆是许多作家的创作动力。极而言之者则有柏拉图说的：所有的文化行为都是对"绝对理念"的回忆。人类对于人类早期经验的回忆，最经典的表述则是马克思在《黑格尔法哲学批判导言》中说的：希腊艺术作品之所以仍能给我们以审美享受，是因为它们使人们想起得到最美好发展的人类社会的童年时代。而这种童年时代连同它的纯朴自然的真实及其永久的魅力和天真，在人类历史上一去不复返了。当然回忆在复现过去的美的同时也复现了丑，正由于这种二重性，艺术秉有否定和肯定的双重力量。几乎所有的文学艺术都在"追忆似水年华"。据利塔奥说：所谓重写现代性其实就是回忆，找出苦恼、困扰的"理由"和"原因"、寻找那在现代性之初就已为我们准备好的命运（《非人》）。

　　这里以"回忆说"总结全文，意在吁请对传统的自觉，包括电影在内的文学艺术，无论是学习西方还是走民族化的道路，都是在借助"回忆"的资源以建设当代人的新感性。将电影变成建设新感性的重镇，应该成为后现代语境中的电影人的共识。电影表达欲望应该有禅宗说的"以欲止欲，如以楔出楔，将声止声"的自觉。

现象学对电影创作的启示

　　现象学，是现象的 Logos，海德格尔把希腊人的多义的 Logos 解释为言语，它具有使之敞开和使之看见的特性。现象学就是使现象敞开。说得啰唆但精确些，就是现象学表明"显示自身的，正如它由它自身而显示自身，由它自身而让自身被看见"（海德格尔）。使现象敞开，说来容易，做起来实难。因为澄明的现象几乎没有了，就说语言，它并不能由它自身而显示自身，由它自身而让自身被看见。尽管它是最有这种能力的现象，粗看起来也似乎一直是这样，即所谓"纸笔千年会说话"，但是语言的歧义、多义害得语义学、语用学、语型学等语言学高度发达也还是不解决问题。20 世纪发生了哲学的语言学转向以后，语言的问题越发复杂而难澄明了。再加上后现代的语言狂欢化，本是澄明的工具的语言却成了遮蔽"思"的东西。语言自身的可靠性经过考量以后，现象学将澄明的"发窍处"转向了对"此在"的直观、直觉，这个转向预示着现象学能够以电影为突破口。

　　所谓"此在"，其特征是它于存在之中关系到存在。说明了就活得直接而有血性的意思。这种突出的存在关系属于此在的自身状态。作为视听语言的电影，保持了日常生活的此在状态，不同于印刷符号的其他的语言艺术，它让观众直觉到日常的此在的发生。让存在和存在的结构成为明确的让人看见的，存在结构隐藏于存在着的自身显示中，我们从中获得了现象学的现象性对象。譬如，其他文学样式是靠文字揭示生存，还须进行二度符号化的还原工作，而电影是靠故事及其画面本身就是以凸显此在的全幅信息。

电影是典型的"代现者"，是客体化行为表象的组合，通过意向活动，从而使一个对象在此基础上产生出来。"代现"在胡塞尔现象学的术语中是与"立意"概念基本相同的。代现形式也就意味着立意形式。代现构成所有行为的必然表象基础，也就是说，通过代现，客体才得以构成。这是电影当中表、导、演、音、摄、美、服、化、道，每个环节都是必不可少的原因之所在。

胡塞尔将"再现"定义为"想象的特征"。作为类比的映像，再现不是将一个客体本身置于眼前，而是将它"当下化"。尤其是有了高科技手段以后，只要能够"想到"就能"做到"。"当下化"成为毫无技术困难的问题，关键就看怎么想了。这个怎么想是个"哲学心理"问题，需要无限量的人文资源来支撑、来供应电影这个消化故事的巨胃的无厌的需求。要理解胡塞尔这个"想象性的再现"，只要拈出"故事"二字，就可以获得"不隔"的理解了。这种想象性的再现，当然也是一种"再造"。

"再造"在胡塞尔的现象学术语中是指一个已有的、已经进行了的意识体验的再造，因而它应当是"回忆"的同义语。回忆，从柏拉图语境说是对绝对理念的回忆，从精神分析语状况说是对早期经验的回忆。胡塞尔将回忆与再造联系起来，给了世界一种新理念，在表现已然的内容时创化新生。电影是文化的。当年，侧重看到电影之文化的意识形态功能；当今，侧重看到了电影之文化产业的功能。这都是"权宜之计"，还没有开掘到电影之文化属性的根本。

文化，在胡塞尔的语境里是指"创造性的人类生活，在共同体成就中客体化的人类生活"。他认为"在这个持续的共同体生活中贯穿着一个共同体回忆的统一、一个历史传统的统一"。胡塞尔认为，人类文化的发展可以划分为两个阶段：第一阶段由"宗教文化"的形式类型构成，第二阶段由"科学文化"的形式类型构成。前一种文化是自然形成的文化，后一种则是在"哲学理性"指导下的文化，这是一种在人类自身认识、自身解释、自身纯化的基础上的人类理性文化，也是人性的文化。诚如物理学诺贝尔奖获得者李政道所说：物理学的极致是哲学，哲学的极致是宗教。电影之"回忆"是避不开这种极致的力量的。

就电影作为一种文化现象自身而言，它主要是以民间文艺为基座的文化，现在一些单纯的娱乐片还能给人们类似观看马戏的感觉刺激。但电影不仅随着民间文艺本身的演化而进步，更因其毕竟是随着科学兴起以后产生的艺术门类，而且随着精英文化的渗透，而终于成为有终极精神的含量、有文化情怀的支撑的大众文艺。电影的极致是物理、哲学、文化的统一，电影也应该自觉成为这种统一，以完成人类的自我"回忆"与纯化，成为建构文化的生力军。

这便进入了电影的意义问题，"意义"概念是胡塞尔意向分析中的中心概念。胡塞尔本人曾经阐述过这个概念的双重含义：意义可以是指感知的完整内容，也就是说是指意向对象连同其存在样式（定理）。这个界定的要点在于：意义概念与对象概念在胡塞尔那里是密切相关的。每个对象都必须回到构造出它们的先验意识之上，就这点而言，对象就是意义。另外，意义也可以是指这样一个单纯的意向对象，人们能够从那些可能变化的存在样式中强调出这个单纯的意向对象。这就是说，在胡塞尔那里从总体上说，意义概念与含义概念大体上是同义词，尽管含义概念更适用于逻辑分析，意义概念更适用于意识行为分析。与含义相关的是"表述"，而与意义相关的则是"行为"。最简单地说："意义"这个概念所标识的是意识行为的"意向相关项的核心"，它是一种"在某些行为中对我们展示出来的客观统一"。电影的工作方式毫无疑问是一种"意义给予"。意义给予是对意识的"立义""统摄"功能或意识的"意向活动"进行说明的概念：一堆感觉材料在统摄的过程中被赋予一个意义，从而作为一个意识对象而产生出来，面对意识成立。在这个意义上，胡塞尔认为，所有实在都是通过意义给予而存在。

电影现象学是诗意的电影艺术与科学（从胡塞尔说）的现象学的奇妙的结合。它想同时实现艺术与哲学的使命：编制故事，赋予说法。它所理想的电影是能使世界用不断生成的美编织起来，以解释的无限开放性和柔韧性使生命从各种意识形态的重压下解放出来的深邃的艺术品。现象学何以具有这种能力？因为现象学是一种温和的研究方式，它置一切先决条件于不顾，试图去发现、观察、描述和分类的技术，这种技术将使它能够揭示那些实验技术揭示不了的结构与联系。正如柏拉图所看到的，每一门科学都是在某种假说之上产生的，尤其是哲学。现象学允诺至少可以把我们带入一门绝对没有预先假定的境界。现象学的基本精神就是面对实事本身，就是排除任何间接的中介而直接把握实事本身。无论这种中介来自权威还是源于习性。作为一种思维态度，它使现象学能够有别于哲学史上任何一个其他的流派和思潮。在思想史上除了马丁·路德就是王阳明的心学，他们提出排除中介，直接面对上帝（路德）或本心（阳明）。路德之后有约 500 个新教流派产生，因为路德的新教精神是"构造"的而非本质主义的，所以新教精神至今犹存。阳明心学也是"构造"主义而非本质主义的，所以心学精神至今犹存，尤其体现在实践型的理论家身上，新儒家基本上都是心学一系的。包括现象学在内，这些构造型的哲学，都不是一个基本命题或方法的仓库，而是能够赠予我们以道路之可能性的东西，是随着时代而变化并因此而能追求"时中"之"思"的可能性的灵活的看和问的方式，始终进行着新的尝试而不是僵化为一个固定的同一。这种构造哲学是脚踏实地的工作哲学。

这种工作哲学是只对"真实"负责任的，而且认为以往的不真实主要是由于亚里士多德以来的形而上学改组了人们的心智结构造成的，另外，是由于人们的自然观点造成的。要想获得真实就得先加括号，将形而上学的、自然的观点"悬挂"起来，意思是说将它们与"事实"的关系"切断"。让大家从心灵的零点开始，从事实本身出发，从而获得真谛。对于促进电影的真实性来说，这种工作哲学的意义在于为切断一切霸权指令提供了"依据"。在这种哲学面前一切霸权都是唯心论，用现象学公允的理论来说，霸权话语也是一种现象，也应该作为一种现象来领会。我们应该不断地修正我们的观察焦点直到对象清晰地出现。电影要是想保住真正艺术的称号，就得率先突破重围，不顾来自任何霸权的要挟，用纯粹意识的眼光来直面人性。直观必须通过焦点的根本转移才能完成。"直接面对人性本身"，就是既要切断虚假的观念意识偏见，也要切断肉体的偏见。观念意识的偏见是形而上学的误释，肉体的偏见是自然观点的误释。最好用现象学的"看"来指挥镜头的运动，拍出《一条安达鲁狗》那样的哲理意境。因为电影是在用纯粹的画面说话，可以较好地来实验现象学的新思维，较好地提高人们的鉴赏能力。

现象学不是康德式的体系，让后人来无穷尽地研究这个体系，便可增进对物质世界和精神世界的理解，便可开拓人类的精神空间。现象学只意味着它像逻辑学、心理学一样是人们运用思维的一种科学规则，意味着一种共同的接近问题的方式。这种方式最简单的表述就是电影大师斯皮尔伯格说的："非常执拗地努力察看现象，并且在思考现象之前始终忠实于现象。"正是这种察看方式才赋予了人们一种摆脱各自背景所带来的偏见，尤其是那种自以为是的自明的道理，那种自明的偏见其实就是培根所说的"部落假相"。再推而言之，自有文化以来，历代哲人都在提示人们想方设法地超越假相的遮蔽。真理问题何以成为亘古常新的人生一般问题，原因也在于此。追求真理，却活在误解当中是人类一直未能消除的悲剧。现象学的目的就在于想获得真解、真谛，从而建立一种"超级理性"以抵制来自以往理性和现实中的非理性对正确认识行为的干扰破坏。"面对事实本身"只是一种"直接地来把握"态度，以期望获得"可能性的发现"。"直接地来把握"是提出直接关注各种事物的主观显现方式，这也就是"直观洞察""本质直观"的本意。

胡塞尔在《哲学与现象学研究年鉴》创刊号的前言中说："只有通过向直观的原本源泉及在此源泉中汲取的本质洞察的回复，哲学的伟大传统才能根据概念和问题而得到运用。只有通过这一途径，概念才能得到直观的澄清，问题才能在直观的基础上得到新的提出。尔后也才能得到原则上的解决。"

可以稍微展开一下。胡氏的意思是，他虽然杜绝一切中介，但还是要运用伟大的哲学传统，只是不能不以本质洞察为基础。此其一，其二必须"问题化"。在直观的基础上问题化，现象学是重新提出问题的学问，将一些不言而喻的东西变成可疑的。这是电影创意的基本态度。许多胜人一筹的电影就是在惯见的模式化的生存中翻出令人意外的花样。如《花样年华》就是揭示出有情无奈的"教养"。王家卫的传统意识使他觉得李商隐的情绪很美，就侧重展现这种无奈的情愫的高雅的一面。它与冯小刚的《一声叹息》有情绪上的巨大差异，在表现方式上也是一个隐晦一个明朗，《花样年华》是描述体，《一声叹息》是叙述体。在现象学程度上《花样年华》高于《一声叹息》。

再比如说，电影大师布努艾尔就坚持："电影发明出来就是表达下意识生活的。"他在 1968 年拍摄的《银河》中就揭示宗教传统势力进入了人类的头脑中，改变了或者说抑制住了我们的意识。他用镜头这样表示：一个高级牧师坐在一个酒馆里布道，酒馆里的一个卧室中一个男子和一个女子分别躺在两张床上，暗示：他们被教义和理性压迫得毫无性感，是教养损害了人的精神。教养搭载着传统持续不断地努力侵入我们的本体，阻止我们选择生存。《花样年华》中也是教养限制了生存选择，但很凄美。没有责难文化的意思。这是什么原因呢？这是民族心理不同的缘故。电影现象学解决不了这样的问题。但可以解释这些问题。电影像现象学一样，只面对具体问题，只是描述而不是命令。有人说胡塞尔的现象学像写《追忆似水年华》的普鲁斯特关上窗帘进行精致的意识分析，或像塞尚在画他的印象派画卷。如果胡氏会拍摄电影的话，他也会拍成

《一条安达鲁狗》或《花样年华》这样的吧。

有人将现象学的具体方法概括为七个步骤，这个工作程序对电影学建设当有启发。

一、研究特殊现象。这和电影一样，总是面对"这一个"。这种研究由三种操作方式组成：现象学的直观、现象学的分析、现象学的描述。这些均与电影的操作过程一样。现象学的直观、分析、描述均是电影式的，让对象自身显现自己，对象的一切都是自己"说"出来的。

二、研究一般的本质，一般本质指的是纯粹的现象。说来玄妙其实就是"事实本身"。这对于电影来说就是如何提炼主题的问题。是个如何将这一个故事变成人生一般问题的事情。

三、理解诸本质间的本质关系。本质关系是直接发生作用的关系，往往是遮蔽在许多假相当中的，关键是个如何来理解的问题。"蒙太奇"的本质正在于此。将一些不能在同一时空中展现的却又直接相关的现象加以"理解性的发现"、展现。

四、观察现象在意识中的构成。电影在直接揭示意识的运动方面具有比任何文体都无法比拟的优势，它是直接展现，不再需要二度符号化。

五、观察显现的方式。如意识流、潜意识，回忆、内心的独白或斗争。这些是次要的，主要的是对对象的意向是怎样形成的。观察，以及第二次"目光给予"等。

六、将对于现象存在的信念搁置起来。对于电影来说，主要是不要人为地分派含义，让人物、故事自身告诉观众它的含义。

七、解释现象的意义。这个解释不是说教而是显示。或者说

"暗示"出现象的意义来。电影的暗示、解释手段很多、很灵活，如音乐、光线、镜头角度等，都是解释意义的手段。

电影现象学认为电影作为一个系统是个不可分割的整体，任何被单独划分出来的部分均不能获得圆满解释。同时，也拒绝将电影与世间万物作人为地割裂。电影既是人征服自然的结果，也将是人与自然和解的使者。电影应该成为人为自己构筑的诗化的世界、绵延的温情世界、辅助人类自我更新的人文系统。电影现象学是这样一种诗性的把握世界和生命的世界观：它希望电影镜头能够如其本然地看待宇宙和生命，人的那点理智仅仅是这种把握的条件，而远远不是把握的全部。必须依赖诗意的直觉、开放的想象才能接近那无限的本真。爱因斯坦说："场是怎样被测量的，场就是什么。"未能拍出哲学的电影不是好电影，未拍出神秘感的电影不是好电影。电影现象学希望这样的电影出现：以诗意的直观为生命揭示出一个广大完美的天人合一的境界，让观众去领悟，去贴近，去创造，在人道主义解放人性的基础上，完善人性，发展人性，提升人性，升华人性。

电影现象学绪论

电影现象学试图将电影的潜能最大化释放，最后给电影一个哲学地位。

电影现象学与其他现象学分支的区别之一是跟着电影走。在与电影构成的"主体间性"的关系中，既为电影建立富有解释能力的哲学理论而努力，也为让更多的人感受到现象学的哲学效应而努力。电影是在将世界"现象"化，电影现象学则研究这种活动何以可能、怎样才能效果最大化。这是提高电影"自身思义"能力的理论工作。电影艺术是对生存、文化的"感觉"，电影现象学则是反思、整合这种"感觉"的艺术哲学。

电影所讲的"故事"都隳栝着人生在世的根本问题，都是一个相对相关的大故事的投影。电影现象学比任何现象学理论和电影理论都更明确、更自觉、更强烈地提出回归"生活世界"的要求。现象学语义的"生活世界"与通常语义的生活世界（日常生活也被胡塞尔称为"外在世界""陌生世界"）的关系构成电影现象学的逻辑起点。现象学的"生活世界"粗略地说，是未经"科学"过滤的有着丰富的感性内容的"存在"状态，是以作为"前给予"的先验自我为中心的人性共同体。我们可用王阳明的"良知说"、李贽的"童心说"以至拉康的"镜像期"之前的意识状态来想象它。胡塞尔拈出"生活世界"如同王阳明拈出"良知"，是为了建立一种以"自我明证性"为基础的本体论。他将主体性先验化、客观化、公共化，从而超越有限的、任意的、私人的心理开端，使自己的哲学成为一门无限的、严格的、普遍有效的哲学，更是为了建设"更高的人性"、为了"致良知"。胡塞尔说"生活世界"的改变就意味着人性本身的根本改变，"生活世界"给予"存在者的有效性"，是"意义的最终给予者"。莱布尼茨的"单子"、胡塞尔的"生活世界"与王阳明的"良知"如出一辙，均可用牟宗三译单子的名称"心子"来统称。关于阳明的良知本体论及致良知理论已成国人常识，不妨借用"良知"来代替现象学的"生活世界"来简明说清电影现象学以此为逻辑起点的使命。通过电影来建设人类的"良知"，从指导电影创作和进行电影阐释两个角度来建设人类的"良知"。这个使命是努力将伦理学变成美学、将伦理的变成诗的。正与电影大师布努艾尔的提法相契合：电影的本质就是诗和道德的实验。这样电影现象学也就变成了电影心学。《黄土地》和《孩子王》以及对它们具有通识真赏水平的评论都是中国人熟知的显例。

　　电影也的确比任何传统的艺术样式更能够直接呈现运动的时空中，人那"活动性的存在"。人的身体是人类自我意识投射的实际环境，也是人的体验、经验、语境、心境向世界敞开的载体，是"生活世界"（良知、共同人性）与"现成世界"（真善美假恶丑、爱恨情仇俱全）交织的世界。形体表演是人类知觉的橱窗，像样的故事都是人生寓言。电影是人的姿态语，乃至潜意识的直接显现，它既是意识的产物，也在显示着人与人之间的意识交流。从而是研究意识之本质的现象学的天然又显赫的素材，也是电影心学进行"致良知"训练的最好课堂。这种"功利主义"是建立在严格的意识分析基础之上的，从而不是巫术而是学术。电影现象学强调回归"生活世界"，就为了回到人性的核心，依据意向性的照射而开拓人性的边限，增进人类的自我理解能力，反思文化对人性的是非功过。这也就是电影现象学的"还原"了。就电影而言，如《蓝》《白》《红》，如《一条安达鲁狗》《去年在马里安巴》。

　　电影现象学何以具有这种能力？因为现象学的基本方法是"本质直觉"，而这是与电影的工作方式、人们看电影的行为天然一致的——都是在运用直觉。中国哲学的基本运思方式是直觉，在西方哲学中能够将直觉方法论体系化的首数现象学。老子强调对"道"的领悟只能靠直觉，必须"中止判断"（现象学还原的含义在于此，用《老子》的话说叫"绝圣弃知"），必须"载营魄抱一"（十章），回归生活世界（犹如俗话说的守住人生的丹田），才能拥有超越性的内在性的整体性的直觉。胡塞尔说："认识如何能够超越自身，它如何能够切中在意识框架内无法找到的存在？在思维的直观认识中，这个困难却迎刃而解了。"自然关于直觉，西哲们已说过千言万语，笛卡儿、络克、休谟标举的是理性直觉，叔本华、尼采弘扬的是意志直觉，谢林、胡塞尔秉持的是本质直觉，海德格尔、萨特恪守的是存在直觉，都是建构电影现象学直觉论的钢筋水泥。这里略以爱因斯坦的话为可信的权威话以概其余："物理学家的最高使命是要得到那些普遍的基本定律；由此世界体系就能用单纯的演绎法建立起来。要通向这些定律，并没有逻辑的道路；只有通过那种以对经验的共鸣的理解为依据的直觉，才能得到这些定律。"寻找电影美学的定律，或曰电影之"道"，或曰关于电影的"先定的和谐"，何尝不是"只有通过那种以对经验的共鸣的理解为依据的直觉"呢？照搬语言学框架和术语的电影符号学就因这种直觉的缺环而不能尽如人意。将私人直觉变成能获得共鸣的意义共享的符号不仅是电影书写者的使命，也是电影研究者的责任。

与其让电影现象学用一种自足的哲学理性外在的审视电影现象，不如让它与电影一起为人的生存方式的自我显现而"工作"。电影现象学将使哲学理性真正的"重返伊甸园"。这个伊甸园不是别的，是人生在世只此一心的"心"。这"心"在生活世界里是活泼泼的，在电影里也是活泼泼的，在电影现象学中也应该是活泼泼的。拥有活泼泼的直觉才叫重返伊甸园。在自己的家园里，电影现象学作为电影的"自我意识"来审视电影将世界现象化的限度和契机，来梳理电影所呈现的"生活世界"与"陌生世界"（胡塞尔指称外在世界的术语）交织碰撞出来的意义。电影和现象学是显现、解读人类意识的利器，电影现象学则是擦亮这个"显示器"的工艺学和工作哲学。它是对"电影之谜"的文化的、哲学的解答，而且知道自己就是这种解答。如刘小枫、张志扬所做的那样，当然他们还是在尝试、探索。电影现象学因其哲学品质所决定它永远是开放性的、无定制无定论的。

电影，精确地说具体的影片是个可以信息叠加的"场"。它貌似是"实体"（与场相对的物理概念），其实是虚拟的实体，是维兰·傅拉瑟所说的技术性图像：这种图像的本质是概念，属性是翻译（将事件变为情境、以场景取代事件），"这种从图像中重建的时间——空间特质，简直像魔术一样，一切事务能重复自身，也参与意涵的建构。""图像具有魔术般的意义。""图像制作者的想象变成了（图像接受者的）幻觉"。而所有的概念都是观念，所以说到底影片这个信息叠加出来的"场",是"意识之场"。用胡塞尔晦涩的术语表示:电影画面是包含着多个对象、多种立义的图像象征的表象,属于"当下化现象学"的研究范围。想象的本质是"内图像",图像意识的本质是想象的当下化。电影画面是图像客体与精神图像叠加映射而成的"图像主体",图像主体仅仅在图像客体中被意指,但本身并不在图像之中,图像主体借助于图像客体而被意识到。用中国术语说,图像主体是"立象以尽意"的那个"意",图像客体则是来尽意的那个"象"。图像主体是种想象性的立义,说白了就是只可意会的"意境"。所谓技术性图像的魔术性是由意识的自由变样建构而成的,是心(精神图像)与物(物理图像)、空间与时间两方面相互变义、相互补充的结果。影像本体是一种依场而有的"场有"——艺术元素的整体。

电影现象学是阐释这样一种虚拟而真实的影像语言的"语用学",自然当与日新日日新的影像语言一起与时俱进。阐释的起点是理解,阐释的效果也是理解,所谓理解是借助一个广阔通融的意义系统来体现、来建立起"阐释循环"。说这意在强调要珍惜、善用今日之只要想到就能做到的高科技带来的自由。再高的科技手段也只止于物理图像的制造,图像主体更依赖精神。用高科技手段来制作电影如同《水浒传》中公孙胜那一套呼风唤雨的手段只是"备用"而已,如同公孙胜是"备员"一样。当然科幻片如神魔小说又当别论。说到底,人类制作出电影来本是为了养育人性的,是供人在"认识你自己"的同时,提高"受用"自身的能力的。无论电影的物理形态怎样发展,它的本质使命是揭示、呈现生命意识、滋养心灵、提高人类自我理解的能力。

电影现象学也正视电影的游戏性，并主张诚实地对待游戏（理解此词义须剔除汉语之游戏的儿戏意味），不能成为游戏的破坏者。根据现象学的理解，电影像任何艺术品一样是在它成为改变经验者的经验中才获得它真正的存在。电影游戏并不是创造活动或鉴赏活动的情绪状态，也不是指游戏活动中所实现的某种主体性的自由，而是指电影作为艺术品本身的存在形式。因为游戏的真正主体，并不是游戏者，而是游戏本身。电影游戏把游戏者吸引入它的领域中，并使游戏者充满了它的精神。电影是极富有向创造物转化能力的游戏。只有通过转化，游戏才赢得了它所理想的品质。譬如相对于最后的终端显示，原先的编导摄、服化道都是游戏者，他们的游戏活动显然还不是转化，而只是在"伪装"。所谓"转化"是向"真实事物"的转化，说清这"真实事物本身"是百年现象学运动的根本任务。众所周知，现象学方法的主要原则是"回到事物本身"。"事物本身"（有的译为"事物核心"）的概念具有两方面的内涵：一方面是被给予之物、直接之物、直观之物，它是在自身显现中，在感性的具体中被把握的对象；另一方面，它是指所有那些自身被给予方式展示出来的实际问题，不是那些远离实际问题的话语、意见。事物本身的"基质"含义表现在图像意识中则是上面提到的"图像主体"：胡塞尔将那些在图像表象被展示、被映像的，但本身却不在图像表象中显现的"图像主体"称为"事物本身"。显然，正视电影的游戏本质，反而是坚持了回到事物本身的立场，用中国电影学的术语说，这样会深化电影艺术的现实主义道路；用"热衷于恰当"的布莱松的话说，"真可从其效能和力量上辨认出"。

影像（画面）的本质是"呈现"，这个呈现是将世界"现象"化了。犹如李白、苏东坡等诗人咏明月的诗句，将那个冷冰冰的星球"现象"化了。一旦成了现象就是"自己能够敞开自己的东西"，可以"自我显现"了。所谓影像本体，兼含了"本"和"体"。本是根源、是人性、是"生活世界"的历史性、空间的时间性、生活方式的内在性；体是艺术元素的整体性、是形式的功能体系、是形式的空间性。在"呈现"中本体与意义是合一的，意义是道体的基础。人的心灵对意义的体会导向对真理的理解，即使当真理的呈现已经消失，人的心灵还能透过对意义的体会与意义的创造而从心头呈现真理。这时，语言的意义也就有其真理性了。所谓电影语言应当具有这种"法力"。这种"法力"是对意义空间的一种开拓。从客观的角度说是意义的发生，从主观的角度来说则是意义的创造，是个"互动缘起"的辩证过程。电影现象学与电影都应该持一种诗意的把握世界的方式——用移情的眼光打量一切，让影像呈现出来的人、物成为"就其自身显示自身者、敞开者"。用哲学老话说，就是人心物情的和谐是人的生存之道，一山一河、一花一草、一木一石，均有其内在的生命、灵性和情感，电影应该以天人感应、物我相通、物我相融作为电影之道的最高境界。这固然显得抽象而神秘，对于呈现感性经验的电影来说似乎有些夸张牵强，对于将电影视为娱乐的人来说更是如此，但娱乐是人性的一种表现，随着人性需求的变化，娱乐片的形式也必将变化。《情书》的导演就纳闷情书为什么在中国这样受欢迎。这就是一个信号。

尽管世界是不确定的，但人并不追求不确定，而是在寻找确定。僵化的确定是死寂，中国儒、释、道三家供奉的经典《易经》及先秦其他典籍所共同体认、表述出来的"中和之道"，无疑具有"中和"这确定和不确定的功用。它是诗意直觉的哲学基础，依"生活世界"而起念，又一出手就强调对实体直接把握的重要性。它是一种具有形而上姿态和形而下能量的本体直觉，这套哲学方法讲求"诚则明""明则诚"："诚"是由本人所体认的本真，"明"是有直觉、表现能力的状况。电影和现象学都要求恢复这种伟大的思想态度，复活直观、重建真实问题与思想的直接关系，复活电影哲学语言的思想幅度与生命的真切关系。哲学本是思想文化塑造自身生命的艺术，电影现象学作为诗意直觉的哲学应该成为电影的精神支柱。就像精神分析法已融入人们日常语境中，电影现象学之无偏见、无定质的求真务实的思维方式也终将会融入电影书写、电影评论的语境之中。

在这一层面我们将更多地借重海德格尔的思想方法。海德格尔有点像心学革命的王阳明，要把一切的本原确立在生命本身，海德格尔说的是存在，阳明说的是心。海德格尔说"存在被遗忘"了，阳明说"架空度日"遮蔽了心头的良知。西方实证科学的大语境决定海德格尔也不例外的要"面向事物本身"。东方美学化的大语境决定阳明提出"面向心本身"，好像一个重视"物"一个重视"心"，其实他们的目的是一样的：抓住本真。海德格尔现象学的"物"是要纠正亚里士多德将形而上学变成物理学的那个"物"，阳明的"心"也不是个人的主观心情，他们都是为了让本真得以自我显现。

公认的现象学大家舍勒将人类的知识类型划分为三种：一是统治——事功型知识，二是本质——教养型知识，三是获救型知识。他认为：现象学可以提供让一个多年被囚在暗牢中的人走向春光明媚的花园的最初步骤。这囚牢便是我们的环境，这环境的造成，乃是因为井底之蛙式的只知求助于机器技术，将眼睛只盯在地上，只注意区区小利，却忘掉了上帝和整个宇宙。怎样才能走出囚牢步入花园呢？舍勒的方法可以总结本文的要旨：一是注重体验，以彻底体验的直观经验这一生命的投注方式，直接深入事物本身。二是注重本质（想起上帝和宇宙）。三是留意先验（生活世界），也就是注目本质之间的根本联系。这种方法是"获救型知识"的方法：从个人自身的拯救开始，从日常生活那种自我束缚于自我之中的"紧张状态"和"本能的冲突"中解放出来，进而把人的整个精神内核以充满爱的主动行动"投入"或"参与""一切存在的源泉"之中去。人是活生生的生命体，人的身体是渗透精神、秉持意味和价值的主体。获救型知识不是一种说明的推论的体系，而是一种唤醒人的存在直觉的活动，是一种描述人的存在意义的体验过程。

电影，说到底是人类通过"心理投影"活动来自我反思、自我拯救的一种文体，它通过展现人类的自我折磨来实现人类的自我拯救，倘无此能力，电影不可能成为现代社会的文化工业。举个粗俗的例子，《泰坦尼克号》显然是商业娱乐片，它为什么具有娱乐功能呢？是因为那个"救助故事"打动了人们的内心的情感需求，从而在娱乐观众的同时，让观众获得了一种"拯救的意识"。

电影作为向创造物转化的游戏，浑然天成地提示了现象学的"玄机"，而现象学也是刺激、启发电影新理念的最现成的哲学武器。因此让它们交接、互动起来，对于电影和现象学是互惠、双赢之事。电影有了自己的哲学基础，现象学有了再生性的传播媒介。

电影现象学要做的工作是将哲学感觉回归"生活世界"本身，从而恢复现象学的直接性并建构这种哲学意识对电影的文化构造能力。借助于电影的传播能力，电影现象学将成为在所谓全球化后现代语境中坚守人文学术之文化精神和自我意识的理性建设的重镇，因为它具有将形而上的理性反思与形而下的意象经营一炉出之的天然优势。电影现象学可以借助现象学的原理、分析技术、阐释能力，来探讨电影的"呈现方式""影像思维""叙述功能"等电影诗意的把握世界的独特方式，来提示电影"呈现意义"的特性与其"意义呈现"的原理。电影是感觉的艺术，现象学是思想的艺术，电影现象学至少可以获致这两个主体间自我陈述的一致性，也许因此能够成为进入电影本体的新的电影艺术哲学。

艺术哲学（断想）

哲学作为艺术

思维的艺术。哲学、艺术都是兵法，无穷悖论中的时中（判断力），一切都是个能力问题。能够无中生有的能力。

纯粹意识。唯识宗对于思维的清理。

佛教哲学与现象学一致：照体本空与纯粹意识。

无论是创造艺术的意识，还是接受艺术的意识，以及艺术品里包含的意识，肯定不是什么纯粹意识。但，是纯粹意识的妙用、效用、显现。艺术家是纯粹意识最多的人，他们超越凡俗的部分就是纯粹意识。

想象力的根在纯粹意识。为什么有的人想象力陈旧，就是因为被日常知见遮蔽了虚灵不昧的良知良能。王阳明费尽心机想证明良知是纯粹意识（无善无恶）。

通过各种意识获得纯粹意识，是心学与现象学的共同追求。

纯粹意识与艺术形式的关系之间最重要的是能力。首先是技术，如书法、绘画、作曲的技术能力；其次是条件；最后是状态。没有标准答案的创意、不能预定的判断。

纯粹意识是判断力的根、想象力的根、自由（彼岸）与真理（觉悟：情悟、理悟？）的根据。

纯粹意识来自明心见性。一切法相都是我们自性的显现，透过法相及其作用，见到我们的性体就是明心见性。所谓明心，明了心不可得，明了心思法体的妙用。所谓见性，明悟并确信性是一切妙用的主人，性是一切法相生起的万能体。

哲学具有了艺术品质才是创造，才能逼近真。

艺术哲学"何为"？寻找可能性。何以能如此"为"？通过艺术。人是一种未完成的存在。艺术不仅抗拒存在的被遗忘，更要发现尚未存在的存在。在悖论和误解中发现，在克服悖论和消解误解中发现。

自由意识是纯粹意识的一个侧面、一个结果。

艺术的要义是自由意识的实验。自由地寻找自由、自由地探索自由，创立自由的形式、建立自由的意识。

艺术作为现象场（创作出来的世界）

首先是将某物构成现象。其次艺术性与艺术品的技术意义、精神意义都是现象场。现象场是独立的又是相关的，是精神的也是技术的，不管其物质形态怎样都是一种精神实在。

具身意识、阴阳互根、兵法智慧，这些充满艺术，因而是活的艺术哲学，比结构、解构之类要根本得多。动心不动心问题；张力构成问题；激情与机趣结合的技巧。

人的尊严在于不断追求尚未存在的一切。乌托邦就是尚未存在的存在。艺术就是探索这种存在的实验。（革命家都有艺术家气质的奥秘就在于此：为了乌托邦献身）

艺术与死亡、爱欲

生本能、死本能、天使本能（良心）。

道教的生命意识、"用虚无、养道德"。

济养为什么歌颂死亡？

艺术与兵法

艺术与兵法最能揭示人类思维的"元现象"：已知—未知之间、规则—突破规则之间、最知行合一、最确定与不确定合一。在用智上，兵法是最大的行为艺术学。兵法讲斗争，想杀人自保，自身利益最大化。艺术讲超越、讲养育人。

艺术是作者与传统、对手、受众的博弈。不得不创新、求异、图变。

判断形式能力的要害在角度和分寸感。

太极对艺术的启明。

周易对艺术哲学的期待。

兵法对构思艺术哲学的拯救。

自由：游戏与真理

语言（维特根斯坦）、政治（本雅明）是任何艺术、艺术哲学的核心构件。柏林的系列论著是自由问题的巨大参照。

真理与艺术的关系。真理是明心见性，是天使本能的在场。

道家与维特根斯坦：反对独断论。艺术是把不确定的智慧确定下来的能力。

独断话语没有生命力。

中国 20 世纪五六十年代到 80 年代受苏联影响，许多文学评论、艺术评论都在努力寻找艺术规律，都以寻找艺术规律为工作目的。结果他们找到的都是权威已有的意见。

艺术规律就是说有又没有，说没有又有的"道"。不是简单的没规律。用兵最怕形式主义，教条主义，也怕一厢情愿的理想主义。

所谓美是自由的象征，自由永远是"尚—未"，象征是揭示了隐喻关系的实在。象征是情感希望的形式。艺术中再抽象的也是情感的。理念是抽象希望，需要直觉触媒。

人道的本质是善良出来的智慧和能力。道是无善无恶的，但人道必须是善良的。不良，就是不人道。战争不人道，战争中的善良最人道。阶级斗争、极权主义等的问题都出在不人道。艺术是人道的长堤，是欲望合理、情意适度、关系公正之道。

艺术是高级高尚的误解。

良心：直觉的根（良心不是一般的善恶）

良心如禅，须当机、对景。交轮之几（方以智）。

来自经验与训练的直觉与来自童心良知的直觉。

艺术乌托邦

艺术是开放的，艺术哲学也必须是开放的。艺术是有情觉悟、感性真理。乌托邦的启迪也启迪乌托邦。

艺术是"尚—未"，是极其物质的同时又是极其超越的，是物质的超越性、超越的物质性。

艺术是乌托邦。艺术比宗教还乌托邦。艺术的乌托邦是人性的，而非神性的；是大多数人同感共应的，而非宗教团体中的信仰；是不追求乌托邦的乌托邦，是极其个性的又是极其共享的，这个共享揭示着人们的乌托邦精神关系。

艺术的本体论驱动力不是欲望而是乌托邦，除非你说乌托邦也是欲望。精神、宗教虽说也是类本能，但与欲望，尤其是生理欲望有别。生理欲望，包括潜意识只能使人走向奴役、浑浊（又暴力又软弱）、堕落，不能使人走向解脱、明晰、升华。乌托邦能吗？乌托邦是什么？何以可能？乌托邦是精神维度的，是有个性的理想国，与梦工厂不同，是自我与他者可以共享的经验的超验、超验的经验。

这也就是艺术的本质了。乌托邦与艺术是一而二、二而一的关系，区别在于艺术有技术含量，乌托邦有精神含量。

乌托之邦因此当然是艺术之都。

那么，为什么乌托邦是艺术的本体论驱动力呢？因为艺术的驱动力是超越。这种超越力我们无以为名，名之曰：乌托邦冲动。

乌托邦的精神功能：期待（意）：相信未来。尚—未。对未来经验保持开放。热爱生命：对个体经验也保持开放。

启明（智／知）：未来处在一个不断启明的过程中。

拯救（爱／情）：救赎、接引。自我拯救、自我接引是关键，也包括拯救别人和接引他人。

艺术的构成是精神功能和物质表现"结合"得好。

艺术功能就是乌托邦功能。生命哲学的形而上维度是必须靠乌托邦推动养护的，艺术的使命在于此。可能—尚未。赌博与艺术相通但不相同。

在用情上，艺术与乌托邦一致；在用智上，艺术与兵法一致。

问题的核心在于：怎样才能保证希望原理成为成功原理？尽管成功了之后还有尚未，没完没了，但成功是不可替代的，尽管成功并不比失败更有意义。那些如愿以偿的失败是富有恒久魅力的，在艺术上未必如此，在美学上却定然如此。